AF599968

QUERIDO J.

LIDIA JIMÉNEZ

Aliarediciones

Corrección: Alejandro Santiago
Diseño de cubierta: Eli Tersse
Maquetación: Aliar Ediciones

Depósito Legal: GR 1176-2025
ISBN: 979-13-87823-71-9

Impreso en España

Edita
ALIAR Ediciones
www.aliarediciones.es
info@aliarediciones.es

QUERIDO J.

LIDIA JIMÉNEZ

Para Elo

ÍNDICE

Ich duld'es nimmer! Ewig und ewig so
Die Knabenschritte, wie ein Gekerkerter,
Die kurzen, vongemessnen Schritte
Täglich zu wandeln, ich duld'es nimmer.

¡No me resignaré! Avanzar siempre
como un niño, como un prisionero,
a pequeños pasos medidos,
día tras día. ¡Nunca me resignaré!

(*Der Lorbeer*, Friedrich Hölderlin)

CAPÍTULO I

UNOS CABLES

El tiempo, nuestro pulmón compartido, apenas respira mientras, encogida, imploro a esta máquina que no te vayas del todo, que resistas, que me llegue el oxígeno a mí también. Estas horas de espera tan extrañas, estas semanas.

Las escaleras donde te espero son duras, ya amarillas, enfermas de tanto hospital. Frente a mí, un ascensor se encoge sin descanso, no se cansa de bajar y bajar. Y ese acento alemán, tan tuyo, sale ahora de otras bocas, J., pero a mí me parecen todas la tuya. Te escucho en mi mente, te hablo hacia dentro y tú yaciente, ojos cerrados, rodeado de médicos, lejos de todo, lejos de mí.

Despierta, J.

Llegan días molestos como chaparrones inesperados, amargos, tristes, sobre todo tristes. Y me arranco, sin pensarlo, costras de heridas invisibles, mientras sonrío con muecas de papel mojado. Cuento a nuestros amigos por teléfono que estén tranquilos, que todo irá bien y pienso, en cambio, que estás ahí clavado, como el Gran Poder, atravesado de agujas, mientras otros, aquí fuera, tenemos privilegios: una canción, un paseo, un café.

Celebro que me toca de nuevo. Bien. Treinta minutos de visita. Te agarro la muñeca delgada, miro tus pestañas interminables, te aprieto los dedos. Y vuelta a esperar. No hay relojes en la UCI. Ya no sirven, J., porque el tiempo es rarísimo ahora. Se ha parado en ti mientras sigue en los que no me importan.

Pienso en lo que dijimos en todos estos años sin querer decir nada. Lo que sucedió ligero en aquellos días maravillosos que no sabíamos que lo eran. Lo reviso todo. Repaso mentalmente nuestros *mails*, postales, mensajes, llamadas... tantas palabras que nos enviábamos desde tantos lugares: Nueva York, Múnich, Berlín, Maracaibo, Cartagena de Indias, Talavera de la Reina, La Pueblanueva, Madrid (siempre Madrid).

Releo todo eso que eres tú, J., conectado a este monitor del que pende tu vida y puede que la mía. Cuántas carcajadas mudas en mi mente escondidas. Hoy casi te llamo para contarte lo mal que estaba. Por primera vez no habrías contestado.

Pero aquí estoy bien, J., no te preocupes. Estas escaleras son más mi hogar que cualquier otra parte del mundo porque siempre planeamos vivir cerca y ahora nos separan solo unos cables.

Si pudiera, rompería estos barrotes y te sacaría de aquí. Te llevaría al mar, a tu adorado Sur. En Andalucía, nuestro sueño imaginado, cicatrizarían las heridas, se te curaría todo. Cogería tu alma silenciosa y la llevaría a los bajos del *vestío*.

Sé que me esperas tras los tubos y que hablaremos del accidente. Explican los médicos que, si despiertas, no podrán determinar el alcance del daño. Ese golpe fatídico. Ese maldito ocho de octubre. Ese instante que hoy me pesa más que todas las tragedias del mundo. Dicen también que no pueden concretar tu evolución. Lo que no saben, ignorantes, es que ya superamos traumas peores.

Peldaños duros, incómodos, pero mejor este sitio, J., a una puerta de ti, que todos los mundos sin tu risa.

CAPÍTULO II

SIGLOS DE ORO

Antes de ti, la Complutense era un lugar anodino. Nuestra facultad de Filología parecía abandonada, colmada de libros y clases a la espera de reformas integrales y pupitres nuevos. Pero llegó mayo y, con las flores y el polen, la vuelta de los estudiantes Erasmus. Uno eras tú. Venías de Friburgo, Alemania.

Violeta, mi única medio-amiga de clase, me comentó que se reincorporaba a la universidad un tipo inteligentísimo, muy divertido, «todo un espectáculo», celebraba. Me anticipó que también estudiabas Hispánicas, que tenías que recuperar no sé cuántos créditos, que dudabas entre varias opciones, que era complicado porque estabas entre tercero y cuarto, que esto, que lo otro, que blablablá. No me importaba la historia, la verdad, pero estábamos en la cafetería, como siempre, y no tenía excusa convincente para huir de la tormenta dialéctica que te ensalzaba.

Subimos a clase. Tercera planta. Aula 3.07. Éramos unos veinte estudiantes, repartidos aquí y allá, en un anfiteatro con capacidad para cien. Asignatura: Teatro de los siglos de oro.

Aquella tarde gloriosa, a las 16.35 h, mientras el profesor contaba las innumerables peripecias de Lope de Vega, tras la típica broma sobre Tirso de Molina, «que no es una plaza sino un escritor», alguien llamó a la puerta. Habíamos empezado la clase media hora antes. ¿Quién osaba aparecer a esas alturas? Sonaron tres golpes seguidos. Secos. En madera. Y después, silencio.

El docente seguía con su tónica humorística, miró hacia la puerta y dijo solemnemente: «Por la forma de llamar, creo que es La Muerte». Todos reímos. Nos giramos. Y Tánatos o quien fuera no acababa de entrar. Tras unos segundos interminables, la chica de la última fila se levantó a abrir.

Y apareciste tú.

Tímido. Con mucha vergüenza que, por cierto, no te volví a ver después. Con una camisa azul y un vaquero clarito. Mirabas hacia abajo, muy serio, puede que demasiado. Como el actor que interpreta un papel trágico y se pasa. Caminabas raro. Hasta pensé que tropezarías, pero no. «¡¡Es él!!», gritó Violeta en voz baja. «Vale», asentí yo.

A la salida, en el miniparque de enfrente de la Facultad, nos presentaron. No me prestaste mucha atención, debo admitir, pendiente como estabas de tu «club de *fans*», rodeándote e implorando que les contaras tus viajes. Y tú, hablando entre español y alemán (a veces inglés), con una pronunciación perfecta, enamorando con tu conversación prodigiosa y abrazando a todas, a todos. Yo tampoco te hice mucho caso, la verdad, cuidando que no se notara mi atracción inmediata hacia esa luz que desprendías.

Tengo que reconocer que hubo dos cosas de ti que me cautivaron. Una, la alegría con la que contabas todo. Con pasión, bromas, matices, con toda la ironía del mundo. Y la segunda, posiblemente la que nos unió para siempre, aunque entonces no lo sabíamos, eran las pocas ganas que tenías de volver a casa. Ninguna. Igual que yo. Así que agotamos a nuestros compañeros, de cafetería en cafetería, de tapa en tapa, entre Princesa y Callao, parando en cada bar, cada tienda, cada cajero... y acabamos solos, esa tarde, deambulando por Madrid, encogiéndonos de hombros por el encuentro inesperado que se transformaba, a golpe de anécdota, en un encadenamiento fogoso de historias, una tras otra, por turnos o interrumpiéndonos —este sería nuestro *modus operandi*—, sobre nuestra vida anterior que a partir de ese momento, inevitablemente, formaba parte ya de un pasado gris.

CAPÍTULO III

A LA DERECHA DEL ISAR

Querido J., sigues en coma. Han pasado ya dos semanas.

Estamos en el hospital alemán *Rechts der Isar*, en Múnich. Sí, sé lo que significa. Paseamos por esta zona tras visitar el museo de vanguardias expresionistas: a la derecha del río Isar. Ahora transcurren nuestros días aquí, confiando en que despiertes. Quién nos iba a decir aquel día que compramos fresas enormes, camino de la exposición, cuando cruzamos la calle sin mirar el semáforo (para variar), nos pitaron muchísimo y corrimos despavoridos, que terminaríamos en esta prisión de batas blancas.

Al menos se aprecian signos de progreso. De fondo, el sonido del monitor que controla tus constantes vitales y, de repente, miré y ¡estabas apretando la mano hace unos minutos a tu madre! Fueron tan solo un par de segundos, pero nos quedamos petrificadas, llorando y riendo a la vez.

Empiezas a dar señales, J. Hay movimiento en esos dedos de pianista que siempre decíamos. Dentro de nada, podrás sentir más zonas del cuerpo, ya verás.

Y bueno, como la vida no puede ser siempre prodigiosa, aunque nos lo pareció un instante, uno de los doctores nos informó por la tarde de que se trataba de movimientos involuntarios. No tienen ni idea. Tu madre, que no se separa ni un minuto de ti, piensa lo mismo que yo: estás volviendo. Lo sabemos.

CAPÍTULO IV

TEMPLO DE DEBOD

Aquella tarde en la que nos conocimos fuimos al Templo de Debod. Había gente que salía a hacer deporte, a pasear a sus perros, volvía a su casa a descansar. Nosotros en el césped. Nada que hacer, nada que esperar, nada que conseguir. Solo una luz compartida. Contigo no hubo ya oscuridad, J. Me pareció que venías de otro mundo. Generoso, intenso, brillante, con esa pose de duda eterna.

Así eras. Y así eres todavía, ¿verdad?

Y se nos pasaron las horas rapidísimo. Las conversaciones se entretejían y, sin querer, fácil y mutuo, como dicen del amor verdadero, vimos anochecer.

Al día siguiente, volvimos a clase sin haber dormido. Ojerosos, pálidos y resacosos, del color de la felicidad primera. Aguantamos como pudimos el ajetreo de la gente con energía diurna y, después de clase de Lingüística, me fui a casa. Antes de despedirnos, pediste teléfono y dirección. Avenida del Talgo, Moncloa-Aravaca.

Cuando me disponía a cenar, tras el aviso infame del microondas queriendo expulsar el tedioso plato recalentado de siempre, sonó el telefonillo.

—¿Qué haces aquí? —pregunté intentando disimular la alegría.

—He traído *sushi* —respondiste.

Habías comprado, además, *champagne*. ¿Eras real o te habías escapado de alguna película romántica?

Y probamos la mejor comida japonesa. Luego comprobaría que sabías cocinarlo todo: platos exóticos, tradicionales, cócteles, postres. Disfruté casi diariamente de un restaurante privado. En mi salón. En el tuyo. Con ópera de fondo, *lidls* alemanes o música barroca, con decenas de ingredientes, con toques de *chef*. Hasta compraste un horno para hacer pan y un molinillo para moler café.

«Mi especialidad son los sorbetes», anunciaste aquella noche en Aravaca. Y tenías tantas. Seguimos hablando en la terraza, frente a la estación. Dejó de pasar el tren. Tú y yo. Amaneció otra vez. Segunda noche. 48 horas juntos. Y ya no nos separamos más.

CAPÍTULO V

CAMAS NEVADAS

Hoy te veo muy bien, J. He ido a tu lugar favorito de Múnich, *Virtualienmarkt*, el mercado de flores y frutas ecológicas. Me preguntaron por ti, pero no me apetecía contarles. Pasé justo delante de tu primer apartamento, en el edificio con fachada *beige* y ribetes negros dalinianos. Y abajo tres cervecerías animadas, con los camareros vestidos de bávaros, esos pantalones bombachos, y las camareras de escotes infinitos. Sigue en la esquina la tienda de ropa donde terminamos, de madrugada, el primer *Oktoberfest*, cuando decidí cambiar de nuevo mi estilo de vestir. Aseguraste que era muy buena idea, claro, y me compré un vestido corto, de seda, abotonado, con colores chillones y rayas geométricas, a lo Kandinsky, que no me puse jamás.

Miré un rato hacia el tercer piso, donde dormíamos en formato Polo Norte, cuando aprendiste de tus nuevos amigos alemanes que había que airear la habitación incluso por la noche. Y me dormía de madrugada, con la calefacción a tope, ventana en el techo entreabierta y, de pronto, me caían copos de nieve en la cara. «¿Tú lo ves normal?», me enfadaba yo tiritando, a oscuras, y tú, con tus carcajadas estruendosas despertando al vecindario escandalizado que yo, a su vez, imaginaba arropado en sus respectivas camas nevadas.

Pero hacíamos las paces. Volvía a salir el sol y ya no hacía frío.

CAPÍTULO VI

MADAMA BUTTERFLY

Una semana después de aquella clase de Teatro del Siglo de Oro donde te vi por primera vez, de pasar dos días con sus noches juntos, de tomar interminables cafés en la Facultad, descubrirme zonas de Madrid (*solo conoces Alberto Aguilera*, me echabas en cara) y de quedarnos hechizados por la forma de contarnos películas, vivencias y libros, me trajiste a casa un inmenso ramo de margaritas blancas.

—¿Por qué?, pregunté, inquieta, nada más verlo.

—¿Por qué no?, respondiste.

Solo una vez me habían regalado flores hasta ese momento, pero me dio vergüenza confesártelo. No podía sospechar, entonces, que me traerías tantas, en tantos momentos, de colores y tamaños diferentes, con tarjetas elegantes, en macetas, sueltas, con aquellas dedicatorias rimbombantes. Traías, además, un libro de *Feng Shui.* Entonces no sabía de qué se trataba, pero me hiciste trazar un mapa en el suelo, repartir plantas por el pasillo y objetos de hierro por mi habitación.

—Si no combinas tierra y fuego no fluye.

—¿El qué?

—La energía.

—No voy a llenarlo todo de troncos de Brasil, *lucky bamboo* y plantas amazónicas porque te haya dado por ahí.

—Pues no lo hagas. Siéntate y échate un piti, que ya lo hago yo.

—Es que me gusta mi salón así.

—No es cuestión de gustos sino de vibración…

—¡Pffff!

—No crees en nada.

—Claro que sí, en ti.

Y tú, tan contento, con tu nueva filosofía vital, dejaste mi apartamento como una revista de decoración. Tuve que sacar lo que tenía debajo de mi cama: una maleta, libros huérfanos, zapatos. Lo pusimos todo en cajas. Según tú, era la única forma de dormir con armonía con el universo. Tras la reorganización de mis pocas pertenencias, nos vestimos adecuadamente para ir al Teatro Real, ópera *Madama Butterfly*, Puccini.

Tras el descanso, empezó a oler a vino en nuestro asiento de «visibilidad reducida, casi nula». El palcotumba. No veíamos nada ni podíamos sentarnos erguidos. El espectador que teníamos al lado empezó a arrugar su nariz y a girarse hacia nosotros. Era un tipo de mediana edad, con chaqueta y corbata. Olisqueando. Habías tenido la brillante idea de robar las copas de vino del restaurante de arriba. Llenas a rebosar, por supuesto. «Así bebemos mientras vemos la ópera», tramaste. Dos placeres a la vez. Me pareció bien, sinceramente. Pero no contábamos con el ruido que se hacía al beber ni mucho menos con el fuerte olor a tinto en un espacio tan estrecho. Te entró la risa y el tipo cada vez se enfadaba más y chistó muy molesto. Entonces fui yo la que solté una carcajada con gotas del preciado licor y ahí ya nos echaron.

El esfuerzo para llegar allí había sido titánico y nos lo perdimos por otra de nuestras ocurrencias. Pasamos al salón del teatro y vimos el resto de la ópera en la pantalla de televisión. No fue muy trágico. Ningún contratiempo podía con nosotros. Brindamos recostados en los cómodos sillones de expulsados junto a un grupo de italianos guapos que habían llegado tarde. Con lo que había costado conseguir entradas económicas para desperdiciarlas así. Aquella tortura a la que te sometías voluntariamente cada temporada para conseguir el mejor precio: levantarse a las seis de la mañana el día que salían a la venta. «Ya en la cola, café en mano. Tú duerme, que ya muero yo por los dos», me llegaba tu sms. Y yo siempre contestaba, horas más tarde, que las siguientes las compraba yo o que te acompañaría a la próxima, sin falta, llevándote un chocolate caliente a la fila y unos churros recién hechos de San Ginés.

Aquel gran Teatro Real, donde acudimos tantas veces, donde escuchamos, como en trance, el aria de *Madama Butterfly… per non morire al primo incontro…* tú cerrando los ojos y subiendo la barbilla, yo pidiéndote que no te hicieras el entendido. Y me mandabas callar hasta que, años después, conseguiste que me aficionara a la Ópera y me emocionaba y, por supuesto, no interrumpía, y disfrutábamos juntos, con los ojos clavados el uno en el otro, *La Boheme* o aquella parte tristísima de *Tosca*, cuando se lamenta, abatida, ante la imagen de la Virgen.

Per que me remuneri cosi…

Aquellos momentos de éxtasis musicales, contigo y conmigo cantantes y público al mismo tiempo, yo entonando Papageno y tú, Papagena, y yo, Papageno, y tú, Papagena… Fuimos al menos en cinco ocasiones a ver la *Flauta Mágica* —Alemania, Austria, Polonia—. Ah, sí, perdón, realmente se llama «*Die Zauberflöte*», como me obligabas a decir hasta que lo pronunciaba bien. Siempre insistente con lo esencial de la vida. ¿Te ríes, J.?

CAPÍTULO VII

SABES QUIÉN SOY

¡Has despertado, J.! ¡Has despertadoooooo! Sabía que el mundo no podía ser tan cruel, y menos aún contigo. ¿Cómo te sientes? ¿Qué notas? ¿Tienes hambre?

Cuando menos lo esperábamos, has abierto los ojos. Los doctores corrieron a avisarnos. Menos mal que estábamos en el pasillo. Al ir a tu encuentro, nos íbamos chocando con todas las visitas del hospital. ¡Qué alegría! Tu madre, tu padre y tu hermana se han abrazado un buen rato antes de entrar. Yo me quedé petrificada. No me atrevía a mirarte. Se me entrecortaba la respiración.

Tus ojos abiertos, J.

Pensarás que qué hago moviéndome de un lado para otro, haciendo aspavientos y dándote abrazos. Imagino que sabes quién soy. ¿Cómo no lo vas a saber? Mejor que nadie.

Has girado la cara a la derecha y luego a la izquierda. Lentamente. Has parado en mí, no sé qué hacer. Tampoco entiendo por qué te estoy describiendo cada cosa que haces. Aún no te responde la sonrisa. Será cuestión de tiempo.

¿Escuchaste lo que te contaba estas semanas? ¿Te sigue encantando la música clásica, el chino de Plaza de España, Lorca? ¿Y salir de fiesta? Perdona tantas preguntas. Estoy un poco nerviosa.

Me han explicado que durante el coma no pueden garantizar que entendieras algo. No sé qué habrán pensado de mí, con monólogo verborreico inagotable que observaban desde la sala de control. El caso es que estás vivo, que tus pupilas iluminan el mundo de nuevo. ¿Me ves, J.?

CAPÍTULO VIII

NOMBRE EXACTO DE LAS COSAS

El «F» paraba en la esquina del Paseo de Juan XXIII, frente al colegio mayor Roncalli. Después caminábamos cinco minutos, mochila al hombro, paso ligero —siempre tarde—, hasta la Facultad.

Nuevo milenio (¡ay!). Algunos llevaban varios años pronosticando el fin del mundo, pero la vida seguía su curso, como hace siempre. En las salas de cine Renoir, Golem, Yelmo, etc., vimos *La pelota vasca*, de Julio Medem, entre otras. En el telediario de RTVE, una periodista, Letizia Ortiz, se comprometía con el príncipe Felipe y media España se sentaba frente al televisor para conocer a la futura reina. También nosotros. Fernando Alonso ganaba la Fórmula 1. A los jugadores del Real Madrid se les llamaba galácticos, aunque tú de esto ni te enteraste, tan ausente, a propósito, de todo lo relacionado con el deporte rey. Se escuchaba en las emisoras de radio a La oreja de Van Gogh. Bailamos y cantamos algunos de sus temas en algún bar, aunque de vez en cuando te empeñaras en decir, tan *snob*, que lo que salía por un micrófono no era música de verdad. ¿Qué? ¿Lo sigues pensando?

En aquellos días, llevábamos poco tiempo con la nueva moneda, el euro, y aún calculábamos en pesetas. «Multiplica por 166», apuntabas constantemente. «Que sí, que ya lo sé», respondía yo molesta y sin entender verdaderamente cuánto estaba pagando. Sacábamos la calculadora hasta que la conversación sobre macroeconomía, Unión Europea, Nasdaq o inflación se agotaba o, mejor dicho, nos agotábamos nosotros de tanta conversación. También se hundió el *Prestige*. Durísimas las imágenes de la «marea negra», miles de voluntarios agotándose en la limpieza de las playas, ese desastre, el drama de la tierra negra. Los balcones se llenaron de mensajes: *Nunca máis*. A punto estuvimos de irnos a Galicia, pero no conseguimos organizarnos.

Eran tiempos convulsos o al menos eso nos parecía. Estados Unidos había decidido invadir Irak buscando las supuestas armas de destrucción masiva. El 11 de septiembre de 2001, atentado terrorista contra las Torres Gemelas de Nueva York. Queríamos saberlo todo, entender cada detalle. Fuimos a la «zona cero» tiempo después. Ese hueco inmenso en el centro de Nueva York. Desolador.

Y en nuestro pequeño día a día cotidiano, pasábamos la mañana en clase, las sobremesas en los parques y las tardes, hasta que cerraban, en cualquier cafetería de Madrid: El Tambor, el Central, el Vips que pillara de paso. Y, como norma ineludible, casi siempre perdíamos el último tren y el último metro, el de las 2.00 a.m. Teníamos que caminar irremediablemente hasta Cibeles para coger «el búho» salvavidas. A veces nos quedábamos dormidos en el incómodo asiento de este autobús noctámbulo y nos despertaba a voces el conductor en zonas alejadas, a veces inhóspitas, donde intentábamos orientarnos, contrariados con nosotros mismos y con la ciudad que parecía haberse disfrazado de otra.

Y el día siguiente acudías a tu cita fielmente, sorprendentemente descansado, entrabas en clase como recién creado, con el pelo todavía húmedo y tus camisas de maniquí, con tantas ganas de vivir y esa piel, la tuya, rociada con crema de farmacia bio y fragancia de hierbabuena.

Llevo ese perfume dentro, J. A veces inspiro y vuelvo a aquellas mañanas en las que la vida olía a ti.

Meses enteros cuya única ocupación era, además de ir a clase, conversar sobre Literatura, Filosofía, Política o lo que surgiera —todo nos parecía un gran tema—, y comprar periódicos en los quioscos: *El País*, *El Mundo*, *La Vanguardia*, *El Cultural* de *ABC*. Analizábamos noticias, reportajes, entrevistas, columnas de opinión. Diseccionábamos la actualidad punto por punto, a nuestra manera, eso sí, con nuestros códigos propios, metalenguaje privado.

Empezábamos siempre, era precepto, por las columnas de Enric González. Después Rosa Montero y, cómo no, hasta el último momento, Francisco Umbral. Inigualables. Entrábamos en trance. Aquel placer indescriptible de la idea exacta, de la belleza capturada. Citábamos siempre a Juan Ramón Jiménez, acatando incluso su rebeldía ortográfica de no escribir mayúsculas, por ejemplo, que después imitaste tú. «*Intelijencia, dame el nombre exacto de las cosas!*». Esa felicidad que nos atravesaba tras el encuentro íntimo con la frase perfecta, la fuerza de una verdad recostada en una sucesión de sonidos escogidos, sin una coma de más ni una pausa de menos, provocaba que nos quitáramos el periódico de las manos para compartir con urgencia, conmocionados, esa especie de nirvana intelectual que nos deseábamos mutuamente.

Después comenzarías a seguir a Arcadi Espada y no había conversación en la que no escudriñaras sus artículos, vicio en el que caí yo también, como cabía esperar. No te lo dije, pero hace poco le mandé un *mail*. Aunque no lo conozco, le expliqué lo que te había pasado y cuánto te encantaba leerlo. Imagino que sentí la necesidad de hablar con alguien que usara las palabras que te gustaría escuchar a ti. Le impresionó mucho y me respondió enseguida. Quizás algún día podamos conocerlo. Seguro que estará encantado. Nos quedan muchas cosas por hacer.

CAPÍTULO IX

EL BIGOTE

Hola, J. Todavía no hablas, no pasa nada. Estás vivo y puedes mirarnos, volver a contemplar el mundo. Si quieres, te sigo contando, que ahora tengo claro que puedes escuchar. Asientes y hasta parece que sonríes un poco.

Gracias al destino generoso, que nos había cruzado en la Complutense, te convertiste en mi sombra permanente. Un espejo brillante. Un regalo cotidiano. Me imaginaba a Nietzsche, cuando quedó terriblemente impresionado tras conocer a Lou Andreas-Salomé, amante de Rilke, en 1882. Culta, inteligente, bellísima. Les presentaron en la basílica de San Pedro, Roma, en un confesionario, tras la celosía. En cuanto ella se asomó, el filósofo inclinó todo su cuerpo, le tendió la mano con delicadeza y exclamó: «¿Desde qué estrellas hemos venido a encontrarnos aquí?».

Venías conmigo a clase, a la cafetería, de compras, a Príncipe Pío a coger el tren de cercanías. Pasabas la tarjeta de transporte para dejarme montada en el vagón, diciéndome adiós al partir, como si no fuésemos a vernos a la mañana siguiente. Y a veces también, cómo no, me acompañabas al médico.

Me viene a la cabeza tu gesto cuando salí una vez de la consulta, en un gabinete de la calle Velázquez, con no sé qué hormona deficitaria. Y tú haciendo aspavientos y tirándote para atrás en la silla de la sala de espera. Y yo, «¿qué haces?, no es para tanto». Y tú, «¡ufff, me mareo, vámonos de aquí!». «¿Y para qué vienes?», me molestaba yo. «Para estar contigo», contestabas siempre acertado.

Desde que has despertado, pienso cómo te sentirías si la que estuviera ingresada fuera yo. ¿Hablarías con los médicos también? ¿Te habrías derrumbado en algún momento? ¿Me contarías mi vida por capítulos como estoy haciendo yo? ¿Qué cara me habrías puesto al verme despertar?

Tras mi cita médica, fuimos a los cines Verdi a ver *La mala educación*, de Pedro Almodóvar. Tan dura. La analizamos hasta el último detalle. Examen forense. A mí no me convencía. A ti, sí. Nada que ver, convinimos, con el impacto de *Hable con ella*. Nos gustó tanto que, al salir de la sala, en la plaza del doctor Cortezo, tomamos una cerveza en el bar de la esquina y volvimos a entrar.

—Solo por Caetano Veloso la vería cincuenta veces —dije.

—Y yo cien, si es contigo —coronaste.

A partir de ese día, dimos varias vueltas a la filmografía almodovariana hasta aprendernos los diálogos al pie de la letra e interpretar las canciones sin perder detalle. Nuestro sentido del ritmo y la calidad de nuestras voces no eran obstáculo.

Ya verás cuando cantemos de nuevo *Un año de amor*. Esa versión de Miguel Bosé en *Tacones Lejanos*, con peluca rubia y traje ajustado rojo, muy rojo, y esos guantes. El tipazo y esa *sexyness* insoportable.

¿Y qué me dices cuando viajábamos por la M-30 normal, que tú llamabas porque era el único tramo que conocías (tú y tus cosas), y representábamos *Ne me quitte pas*, *Puro Teatro* o *Resistiré*? O aquel diálogo del final de *Átame* que interpretábamos cada dos por tres, sin venir a cuento:

—¿Y tu coche?

—Es robado.

—Me lo imaginaba. Lo dejaremos aquí. A propósito, Enrique, te voy a decir una cosa: en mi familia ha habido de todo menos ladrones.

Y Victoria Abril:

—Uy que no, acuérdate de papá, que en paz descanse.

—Por eso —responde Loles—, no quiero que haya más.

Y después se le caían las lágrimas porque, después del secuestro, se había enamorado de Antonio Banderas y quería que surgiera complicidad con su hermana. «Pero ¿qué te pasa, tonta? ¿No ves que nos llevamos muy bien?», dice Loles. Y nos preparábamos, tras los primeros acordes, para cantar, voz en grito, el junco que se rompe, pero siempre sigue en pie.

¿Y *La flor de mi secreto*? El último trago de Chavela, con Marisa Paredes desesperada, escondida dentro de sus gafas de sol, en ese bar del centro de Madrid, tras haber sorteado a duras penas la manifestación de los estudiantes de Medicina por las calles, en la televisión pequeña, Grundig: «Tómate esta botella conmigo, en el último trago me besas...». Mientras la actriz se asomaba a la pantalla, con un cartel de helados Frigo difuminado: «Cuánto me han enseñado los años, siempre caigo en los mismos errores, otra vez a brindar con extraños y a llorar por los mismos dolores».

Y aquel diálogo de *Kika*, cuando Verónica Forqué le dice «no me mires con esa cara» y Rossy de Palma, contesta: «Lo siento, no tengo otra». Y comienza una conversación entre surrealista y escandalosa, donde una le dice a la otra que se afeite y la otra responde: «Pero ¿por qué? El bigote no es patrimonio de los hombres». Y, cuando se va, mirando al espejo, con esos colores vivísimos de Almodóvar, en ese baño: «Qué loca que está, pero que gracia tiene la jodía», remata Rossy.

Tesoros cinematográficos. Nuestro guion cotidiano. Nos llamábamos, cogíamos el móvil y respondíamos como Forqué en el contestador automático: «Soy Kika, si estás, ponte».

CAPÍTULO X

PRONTO SERÁ NOCHEBUENA

Hoy nieva mucho, J. La *S-Bahn* iba con retraso y casi pierdo la hora de visita. Tengo el frío alojado en el estómago, pero aquí no se cuela la tormenta. Pronto será Nochebuena, ya hace casi un mes que despertaste. Pasaré la Navidad contigo. Estos procesos son muy lentos, tranquilo.

Hoy has movido los brazos y las piernas. Los médicos han dicho que vas a recuperar parte de la movilidad. Me pregunto qué quieren decir con «parte». Y te han pasado a planta. Otro paso más. Adiós a Cuidados Intensivos. Hasta tomé un *strüdel* con helado de vainilla para festejarlo. Aún no puedes hablar, pero no hay prisa.

Tu madre está radiante. Confiaba en tu fortaleza. Ella también la tiene. Nos hemos alegrado mucho cuando nos han comunicado que te trasladaban a una habitación. Esas luces blancas, intensas, y esos pitidos incesantes del monitor nos estaban perforando el corazón.

Nuestros amigos planean venir a visitarte pronto, si te parece bien. Cuando te sientas con fuerza. De momento niegas con la mirada. Hay que esperar. Es normal. Hasta me ha parecido que te asustabas cuando te mencionaba la idea de ver gente. Donde hayas estado —¿dónde?— te ha descolocado mucho. Ahora toca descanso y recuperación.

¿Qué piensas, J.?

Has vencido a la muerte. Creo que no eres consciente de lo que ha pasado. Cuando te recuperes del todo, organizaremos una fiesta por todo lo alto, tres noches seguidas, mínimo, como aquellas de Chueca. Que tiemble Madrid. Descansa ahora.

CAPÍTULO XI

LA CANCIÓN DE YURI

Gran privilegio el nuestro poder transitar las postrimerías de la movida madrileña. Aquellos maravillosos años. Aún quedaba cuerda. Intensidad de vida a raudales. Y nosotros, con el dialecto de la época, livianos con y sin equipaje, usando sin venir a cuento, por el mero placer del juego, expresiones como «me piro, vampiro», «guay del Paraguay» o «ni hablar del peluquín». Lo que fantaseamos inventando su origen.

Y luego volvíamos, como si pudiésemos aunar todos los mundos en uno, al estudio profundo de la Filología, fieles a la alta cultura, a la lengua culta, a la Real Academia Española con su «limpia, fija y da esplendor». Y esa misma noche, jugábamos a decir «chachi, piruli», «qué nivel, Maribel» o «te he mandado un emilio». Todo un poco *naive*. Pero llovían copazos y cañitas a mansalva, partidas de mus memorables, noches apoteósicas, alguna clase de Gramática Histórica y enamoramientos exponenciales. Con toda su pimienta y todo su drama.

Eran tiempos dichosos, J. Cantábamos temas de Robe Iniesta, bebíamos Pantera rosa en Moncloa y acabábamos siempre en el *Penta*, como aquella canción. Y bailábamos, como locos, la canción de Yuri, tan brilli brilli, en el *Black and White*, allí en Chu, como tú lo llamabas, Chueca para el resto. Con Villena y Gurruchaga acodados en la barra de la entrada, testigos indiferentes de nuestra alegría etílica. En aquel escenario, con esas cuarenta copas de más («te pido otro») y unas cincuenta personas travestidas, con lentejuelas y drogadas, dibujando un corazón al unísono, en el aire, siguiendo unos pasos que todos, por la fuerza de la costumbre, teníamos grabados. Y movíamos la cabeza, de lado a lado del local, temiendo que en alguna ronda no volviera a su sitio, con tal de cumplir a rajatabla el siguiente movimiento de la coreografía.

Este amor nooooo se toca,
No insistas poooooorque yo
te negaré mi boca.
Porque es te a-mor ya no se toca.

Antes habíamos cenado *kebab*, conversamos largo rato sobre Wittgenstein hasta llegar a la conclusión, exhaustos, de que no entendíamos nada del *Tractatus*. Después repasamos a Foucault y sus mensajes performativos. Con la mente echando humo, pedimos una nueva botella de vino. Y después pasamos «sin querer» por el *Black*, y decidimos entrar a echar un vistazo rápido. «El viejo truco», como decíamos siempre, para acabar saliendo los últimos.

En un momento, aunque no me apetecía perderme un segundo de pista, fui al baño, tras el momento *dancing queen*, y me lavé la cara con mucha agua. Estaba tan *high*, tan contenta, tan en otro planeta que no podía distinguir cuál de las sesenta sensaciones pesaba más. Y entonces vi mi propia imagen girada en aquel espejo rococó, inmóvil, con una sonrisa tan grande que pensé, fruto del alcohol, que mi boca era la puerta e iba a empezar a entrarme gente. Surrealismo de WC. Y al salir, me choqué contigo, que justo también ibas a entrar. Igual de desorientado, con los ojos (esos ojos tuyos, J.) como platos, sin dejar los pasos de baile, y empujándome a propósito a mí, con gran carcajada, perfecta imitación de «macarra de bar».

Era el mismo habitáculo para hombres y mujeres, claro, que ya en el *Black* se adelantaron al no binarismo y había un aseo para todos los géneros. Y bueno, tiempo después hicieron otro, rompedor entre los rompedores, con dos tazas enfrentadas. Aún le doy vueltas a la *reason why*. Esta innovación nos llevó a largas discusiones, interpretaciones, discrepancias políticas y demás disputas dialécticas. Porque tú y yo, J., siempre supimos lo que era importante. Yo no entendía por qué había que mirarse, cara a cara, en ese momento tan íntimo. Tú decías que eso no es tan privado, que es el peso cultural lo que hace que se entienda así, y yo que hay cosas evidentes, objetivas, y tú que qué significaba eso, que lo íntimo también es político y que no podía evitarlo y yo que te flipaban las rebeldías más estúpidas y la última secta alternativa de turno, que romper con las cadenas históricas era otra cosa y que no tenía que ver con un f* servicio. Y así hasta por la mañana. Ojerosos y pletóricos. Sin dar el brazo a torcer. Tan contentos y enfadados como de costumbre.

¿Crees que volveremos a bailar así, J.? No sé. Necesito pensar que iremos de nuevo a Chueca, con energía resucitada, como quien resurge de una pesadilla eterna, pisando fuerte de nuevo, juntos, por esas calles de siempre que nos esperan impacientes. Te confieso una cosa: van pesando los días. El neurólogo no comenta mucho. Entra y sale, pero ya ni pregunto. Te estás recuperando, ¿verdad?

CAPÍTULO XII

SCHÖN KLINIK

Nos han trasladado, J. Hemos cambiado hasta de país. Acabamos de llegar a Bad Aibling, muy cerca de Salzburgo, en Austria, a una clínica de rehabilitación neurológica. Se llama *Schön Klinik*. ¿Te gusta el nombre, a que sí? Lo sabía. Te han programado sesiones diarias de fisioterapia para enseñarte a caminar de nuevo.

Se ven montañas blancas por la ventana de la habitación, cristaleras por todas partes. Los techos son altos y las sillas de la habitación, verdes. La cafetería está en la planta de abajo, repleta de cosas ricas. Es todo precioso, J.

Hoy hay *kürbischcremesuppe*, con lo que nos gusta, *Weißwurst*, mi favorita, *currywurst*, la tuya, y muchos tipos de pan, con pipas, de centeno, multicereales, de cinco semillas, el *Sonnenblumenbrot* de girasol… Cuando puedas caminar bien, bajamos y pides tú, ¿vale? Como hacías siempre frente al mostrador de cualquier panadería, con ese estilo tan pulcro, esos sonidos, como la «ch» que parecía una jota suave, como cuando decías München y pronunciabas «Miunshien».

Pronto hablarás de nuevo.

Volverás a hacer el sonido de las vocales con *umlaut* (diéresis), ä, ö, ü, que te encanta, o a repetir la palabra *blume*, que significa flor y es tan bonita como su significado. A veces la decíamos sin venir a cuento. O en plural, *blumen*. Nunca concluimos, finalmente, si nos gustaban más las palabras o las flores en forma de campanilla. Fucsias o pendientes de la reina. Esos nombres. Las compramos en el *Viktualienmarkt* tantas veces. A mí me siguen encantando. ¿Y a ti?

Ya estuvimos en Salzburgo antes, justo dos semanas antes del accidente. Estamos muy cerca, a unos veinte kilómetros. Probé por primera vez esos deliciosos *marzipan* de almendra. Todavía no comprendo cómo no te gustaban. Mazapán de Toledo, sí, *marzipan* austriaco, no. Incomprensible. Visitamos la casa que vio nacer a Mozart, con ese piano, imaginando que era el real, el que tocó desde pequeño. Y mirábamos a través de la misma ventana (*qué fuerte*, decíamos todo el tiempo) desde la que el mismo genio miraba desde pequeño. Nos preguntábamos por qué el padre no le dejó vivir su infancia libremente, su obsesión para que triunfara, la invisibilidad de su hermana, su enfermedad. Y esa película, *Amadeus*, que nos sabíamos de memoria. Yo imitando esas risitas infantiles que sacaban de quicio a Salieri, y tú contestando, envidioso, que me salían fatal. Por supuesto, tomamos té negro y *Mozartkugeln*, ¡qué bien lo pronunciabas! Lo hacías todo bien.

CAPÍTULO XIII

VOY A CONTARTE

Segundo día en esta clínica bonita, J. *Sehr schön*. Y más de dos meses del golpe que casi te cuesta la vida. Voy a contártelo, sí. Siento que necesitas una explicación, que me la pides de alguna forma, con tus gestos nuevos.

Era 8 de octubre. Yo estaba en Madrid y tú en Múnich, tu primer año de profesor doctorando en la universidad Ludwig-Maximilian. Hablamos por *Skype* a las 20 h y me comentaste que te habían invitado a una fiesta *babyshower*. Una de tus compañeras de la Facultad, Anitta, quería compartir la buena noticia con sus más queridos. No te apetecía mucho ir, pero te caía muy bien y decidiste acercarte en tu bicicleta nueva. Esa bicicleta.

Me enseñaste el *piercing* de la oreja que te acababas de hacer, contento, y nos despedimos diciendo que, a la vuelta, nos volveríamos a conectar a *Skype*. Yo me fui a la cita con Pablo Sycet, el pintor onubense al que iba a entrevistar, y tú hacia casa de Anitta.

Ya por la noche, sobre las 23 h, volvías en esa *bike* desmontable que era «muy moderniqui», según presumías. No parecía muy fiable, la verdad, pero estabas feliz con tu compra. Ibas cuesta abajo y querías atravesar un parque. Lo tenías que cruzar para llegar al centro de la ciudad, a tu piso. Había una acera con un escalón bastante alto. No llevabas casco. Un coche venía detrás. Frenaste bruscamente —o algo te asustó, no está claro— y saliste despedido hacia delante. Al caer, te golpeaste la cabeza contra el suelo. Muy fuerte.

La policía no explicó bien las circunstancias. Tampoco los sanitarios de la ambulancia, ni el recorte del periódico, un breve, que se publicó al día siguiente.

Milagrosamente, recordaste el móvil de tu madre antes de que te colocaran en la camilla. Te operaron de urgencia. Te quitaron uno de los huesos del cráneo para evitar problemas por la inflamación del cerebro. Te habías dañado el lóbulo frontal derecho. Entraste en coma. Despertaste casi un mes después en el hospital *Rechts der Isar* de Múnich. Inmóvil. Mudo. Hace un par de días te trasladaron aquí.

CAPÍTULO XIV

ANGUSTIA CONTENIDA

Llegó el verano, las terrazas y los conciertos del Botánico. Cómo no, decidimos irnos de vacaciones juntos, al Sur. No hacía mucho que nos conocíamos, pero nos dio igual. Aprovechamos que venía a visitarte un amigo de Friburgo, Marius, de tu época Erasmus. Elegimos Sevilla. Flamenco, vino, arte, platos exquisitos. Destino ideal. Nada podía fallar salvo una decisión tuya: corrida de toros en la Real Maestranza.

Ya te dije que no era buena idea invitar a un violonchelista alemán, sensible y delicado, pero tu tendencia a exprimir cada segundo de posibles sensaciones te llevó a contemplar con él algo que, como confesó él mismo después, mareado, era «muy sangriento». Me reí, tengo que reconocer, cuando abrí la puerta del piso que alquilamos y os vi las caras. Ni tres copazos *on the rocks* borraron esos gestos de circunstancia. Menuda primera noche. Y yo queriéndome ir a dormir y tú insistiendo (*«espérate un rato»*), y Marius pensando en las banderillas, todavía con malestar, y nosotros sin saber qué hacer, dando vueltas por el salón.

Después volví a los toros con mi hermano. Viajamos a Barcelona, a la Monumental, a ver a José Tomás. No quisiste acompañarnos, normal, después de aquel episodio andaluz. Me habían encargado un reportaje y, al llegar, un grupo de antitaurinos nos gritó «asesinos» mientras entrábamos en el tendido. Te llamé inmediatamente. Menudo mal rollo. Y, aun así, quedamos impactados cuando vimos a ese hombre menudo, parado frente al toro inmenso, serio e impertérrito, sin moverse un milímetro, capote en mano, mientras el animal corría con ganas de matarlo. Difícil explicar el sobrecogimiento. Ese silencio de angustia contenida. Recordábamos tú y yo aquella entrevista de Jesús Quintero a Joaquín Sabina en la que el cantante decía entender perfectamente que se trataba de una tradición violenta, salvaje, maltrato animal evidente que habría que prohibir, y después añadía, rendido: «Pero es que me gustan tanto».

CAPÍTULO XV

NUNCA TE HE NEGADO NADA

¿Qué tal, J.? Se te ve tranquilo hoy. Vas mejorando poco a poco. Ánimo. Yo también voy progresando en otros temas: el idioma. Estarías muy orgulloso de mí. Hoy hablé alemán fluidamente con el enfermero del turno de mañana. Me ha dicho, de nuevo, lo importante que es tu seguridad. *Sicherheit*. Por eso te tienen atado a la silla a ratos. Para evitar riesgo de caída. No te gusta, ya. A mí tampoco.

De hecho, hace dos días me pediste que te sacara de esta habitación, que te quitara esas cuerdas de enfermo, que apartara esa silla ortopédica de tu camino y te llevara fuera. Hay un recoleto jardín austriaco, bien cuidado, típico de aquí.

Señalaste con la mano la puerta de la habitación. Moviste la barbilla hacia arriba. Balbuceaste algo. No hizo falta más.

Pasé un poco de miedo, tengo que confesar, porque nos habían avisado de que no te debías caer al suelo bajo ningún concepto, que otro golpe en el mismo sitio sería el final. Llevabas ese casco de motero inválido. Tu madre también me lo advirtió. No se debe levantar. Pero nunca te he negado nada.

Salimos. Empujé la silla de ruedas por el jardín asegurándome de que no nos seguía nadie. Me miraste de nuevo.

Desabroché las bridas, retiré la bandeja de plástico donde tenías sujetos los tobillos y te privaba de movimiento. Quité las dos partes de metal que te impedían poner los pies en el suelo. Con un esfuerzo sobrehumano, apretando las manos contra los hierros laterales, conseguiste ponerte de pie unos cinco segundos. Pegaste un grito que sonó a libertad.

Libre, J.

Luego te sentaste de golpe, abruptamente. Vi que venían enfermeros y responsables de seguridad corriendo. Alarmas por todas partes. Había sido un susto, ya está en su sitio, les intentaba decir. Ya vuelve a ser preso. Ya tiene el casco en su sitio. Me miraron fatal. Pero al menos saboreaste brevemente quién habías sido antes de ese golpe que te enclaustró en esta clínica, tan apacible por fuera, como mazmorra por dentro. Pensé que podría ayudarte.

Y fue entonces cuando, ya en la habitación, tras meses de silencio, pronunciaste con esfuerzo mi nombre. Por primera vez. Es increíble, J. ¡Puedes recordar! Una evidencia, una prueba irrefutable.

Sin que me vieras, salí de la habitación y lloré de alegría en la salita de espera. Tras largas semanas de muecas e interpretaciones, estaba segura de que sabías quién era yo. Sentí que, a pesar del accidente, aunque no fueras el de siempre, había esperanza.

Me buscó tu alma convaleciente, me reconoció esa parte de cerebro herido donde yo me escondí al conocerte y nunca se golpea. También te guardo yo en el mismo lugar.

CAPÍTULO XVI

CULTURA Y SALVACIÓN

A la vuelta de las vacaciones en Sevilla, te presenté a mi amigo Fernando, conocido periodista de televisión. Ese estudio de la calle Ayala, esquina con Serrano, con su despacho pintado de azul y una escalera de piscina ficticia en la esquina izquierda. Era como trabajar buceando en una atmósfera única que solo ocurre bajo el agua. Había una televisión pequeña en el salón, casi siempre apagada, cerca de la terraza plagada de gatos que entraban y salían altivos.

Lo había conocido con diecisiete años. Pasaba todas las tardes allí con él, que cumplía cincuenta, y con Natalia, la guionista maravillosa que también trabajaba en el estudio y me adoptó con una complicidad que todavía nos dura. Y yo allí, inocente, pero curiosa, sin perderme ni una coma de un día a día entre guiones por escribir, lienzos por pintar, ideas por debatir. Y muchas risas. Yo venía de la oscuridad del conservadurismo rígido de La Mancha y llegaba, sin darme cuenta, al paraíso de la libertad creativa.

—Pero, ¿qué hacías todo el tiempo allí? —me preguntaste una vez.

—Los miraba.

—¿Y qué decías?

—Nada.

Una vez aporté una frase para la serie de moda del momento, *Al salir de clase*, y Natalia la puso en boca de una de las protagonistas. Cuando vi el episodio, no me lo podía creer. Y me preguntabas mucho por esa cafetería mítica, el Café Gijón, donde no podías creerte que yo me hubiese sentado con Fernando y sus amigos literatos o directores de cine.

—Pero ¿qué comentabas con esa gente? —insistías.

—Nada, me sentaba y escuchaba.

—No me lo creo.

Cuando Fernando enfermó, nos contó a Natalia y a mí su nueva técnica infalible para ganar las partidas de mus a sus amigos. «Últimamente gano siempre. Echo un órdago a la primera de cambio, aunque no tenga buenas cartas», explicó. Y continuó, con esa mirada irónica que lo hacía irresistible: «Y Raúl dice que eso no vale, que como me voy a morir pronto, no tengo miedo de perderlo todo». Y él riéndose y nosotras, pálidas, asumiendo que el humor negro nos superaba a veces.

El día que te lo presenté, estuvimos toda la tarde en Ayala. Te fascinó Fernando, como no podía ser de otra forma. Y él, tan difícil de conmover, te adoró también. Hablasteis horas sin respirar. Natalia y yo fuimos al mercado de la esquina. Merendamos los cuatro juntos. Cuando nos despedimos, mientras bajábamos las escaleras del portal, me pusiste las manos en los hombros. Me miraste de frente y me diste las gracias por ese encuentro con olor a acuarelas y a papeles por todas partes. Cultura como bandera y salvación, concluimos. Nuestro lema.

Nos sentamos después en un banco de madera de la calle Serrano. Respiramos al unísono viendo gente pasar, algunos con bolsas descomunales de Cartier o Suárez. Un Madrid diferente, elegante y adinerado, pero igual de intenso. Un vecindario privilegiado pero que, como la ciudad y nosotros, estaba aún por construir del todo.

CAPÍTULO XVII

PALABRAS ESQUIVAS

Esta mañana se te ve un poco frustrado, J. Ya ibas mejorando, hasta habías caminado unos pasos, pero la noticia nos ha impactado. Los médicos te han diagnosticado afasia. ¡¿Afasia?! Tu madre se ha quedado paralizada. Se apoyó en la pared. No se sostenía.

Hasta donde hemos entendido, tu actividad mental puede ser normal, no se puede concluir, pero lo que expresas, las palabras que empiezan a salir por tu boca, las que escuchamos aquí fuera, no son coherentes.

No te entendemos, J. Ni siquiera yo.

No te podía pasar algo más duro a ti, el rey del verbo. Perdona que te lo diga tan claro, pero creo que debes saberlo. Así será menos difícil. Quizás. No podemos saber cómo te sientes. No te puedes expresar con claridad. Por eso, quizás, se te ve abatido. No sé cómo hacerlo mejor. Perdona, J. Lo siento.

¿Qué estás pensando? Consigues decir «ventana» y quizás te refieras a «tengo sed». Pronuncias, con dificultad, «pasear» y puede que te refieras a «dejadme solo». Dices, con mucho esfuerzo, «agua», y quizás sea «ayúdame, por favor». Aquí estamos, frente a frente, con los ojos conectados de siempre, pero las palabras esquivas. Por primera vez.

Pero eres fuerte, J., respira. Los dos lo somos. También tienes mi cerebro, que no está golpeado. Con uno nos basta. Eso es lo que intento decirte, pero creo que no te llega.

Tú y yo siempre fuimos eso, una historia compartida.

Sé que todo irá bien. A pesar de lo que dicen los médicos, sí dijiste alguna frase con sentido. ¿Ahí no tenías afasia o qué? De hecho, el otro día, en el jardín, tras el grito de liberación y el susto de todos, volvimos a la habitación. Fue cuando pronunciaste mi nombre y, además, añadiste otras cuatro o cinco palabras coherentes. Esas te las guardo, no te preocupes. Este libro es para ti, J., ¿para quién si no? Y no voy a contar nada a nadie que tú no quieras. Todavía podemos compartir secretos. Eso aún nos une. Quizás lo único que nos queda.

Y también armaste una última frase impoluta. Con todo el dolor que te suponía cada sonido, conseguiste unir tres palabras coherentes: «Recordar… es… importante». «¡Claro!», respondí eufórica.

Lo conseguiremos. Te ayudaré a recuperar la memoria. Te contaré mil anécdotas más al día. Sé que conectas a ratos. Esta batalla es nuestra. Y la vamos a ganar.

CAPÍTULO XVIII

VINO «EL VÍNCULO»

¿Te acuerdas cuando decidimos volver al Sur? Nuestro *Al Ándalus* mágico. Vivir de nuevo esas situaciones incomprensibles, esas cataratas de pasión cotidiana, ese surrealismo que, como bromeábamos, era «el realismo del sur».

Sevilla de nuevo. Feria de Abril. Esos tablaos flamencos: por bulerías, tangos, alegrías, martinetes, soleás... Esta vez fuimos solos. ¡Vaya tormenta de madrugada tras el tradicional «alumbrao» de la portada! Empapados hasta la cintura, de caseta en caseta, yo iba perdiendo los lunares de la falda por el camino, chapoteando en charcos de barro, con el albero y el rebujito en las rodillas. Pero el temporal no iba con nosotros. Bailamos sevillanas en la caseta de la Cadena Ser. Olé. Hasta parecía que nos sabíamos los pasos. Tú eras «el Trupecio» y yo, «la Lirio».

Dos flamencos en estado puro, del madrileño barrio de Oporto y de la ciudad de la cerámica, Talavera de la Reina. Qué finura, vamos, el mismo *tronío* que Camarón y Paco de Lucía. ¿Dónde aprendiste a bailar? ¿De dónde sacaste esa gracia gitana que no se puede aguantar? ¡Ja, ja, ja!

A última hora apareció Rodrigo, con sus cuatro apellidos compuestos y un marquesado que nos inventamos nosotros en Castilla León. Había sido profesor nuestro de Lingüística en la Complutense y después empezamos a quedar fuera de clase. Compartíamos, entre otras cosas, la tendencia a convertir todos los días en días de fiesta. Llegaba con su amigo Iván, que se había casado con una publicista inglesa y se habían mudado recientemente a Triana. Traían bajo el brazo una botella de vino con una etiqueta curiosa: «El Vínculo». Nos duró poco. Y tú diciendo al marqués que tú eras el enlace verdadero entre nosotros, el vínculo original, el verdadero motivo de unión que nos hacía quedar cuando estabas en Alemania. No podías imaginar —ni permitir— que nos viéramos sin ti. Nunca lo hicimos, por supuesto. Tema serio este. Intervenías inmediatamente si sus chistes eran más graciosos que los tuyos, si sabía más de cualquier tema, pronunciaba mejor cualquier idioma o si yo le miraba una fracción de segundo más que a ti. Osada.

Y a la vuelta de la juerga andaluza, unas semanas después, amanecimos de nuevo los tres, en el piso de Bea, en Martín de los Heros, frente a los cines Golem. Nos había invitado a dormir, generosa. Cuadro flamenco inmejorable: Trupecio, la Lirio y el marqués. Íbamos llegando a su casa, dando tumbos, cantando *La Zarzamora*, *Ojos Verdes*, *La Piconera* o *Suspiros de España y Portugal*, con mis ojos de lirio martirio, los tres, agarrados, gritando al cielo «*agua pa'los peses*». Y muchos «olé» descompasados y sin venir a cuento.

Bea abrió la puerta, pero se quería volver a dormir y pidió un poco de silencio. Y nosotros venga a cantar altísimo, abriendo las ventanas de par en par, invitando a los vecinos a unirse. Pronto empezaron a escucharse quejas en el patio interior. Para solucionar el problema y no oírlos más, decidimos poner la música a tope. En un momento, te medio enfadaste porque nos habíamos reído de algo que no habías escuchado. Algo a tus espaldas. Tú sin ser protagonista. Sálvese quien pueda.

Muy dignamente, como quien decreta una pena de muerte, sentenciaste:

—Tened claro, troncos, que aquí el vínculo soy yo.

Y nosotros, apareciendo entre el humo del tabaco, las quejas vecinales y la brisa de Madrid despertando, respondimos a coro:

—Amén.

Por fin te quedaste tranquilo, seguro de ti mismo, con el control absoluto sobre las almas que te pertenecen. Como debe ser.

CAPÍTULO XIX

DIARIO *EL PAÍS*

¡Hola, J.! No sé cómo comentarte esto... Me han preguntado en *El País* que si tengo pensado volver al periódico. Creo que quieren echarme. O quizás solo piden que continúe mi vida laboral, como si pudiera. Decisiones: realidad o tú. Trabajar o llevarte un vaso de agua a la cama. Mis obligaciones o tus paseos por el jardín. «Cuando estalle la guerra estaré en la trinchera contigo», decía la canción. La levantamos juntos, en tiempos de paz, tú, mi familia elegida.

De todas formas, no podré alargar mi estancia en Austria mucho más. Quizás un par de semanas. Iré a España y me las arreglaré para volver los fines de semana, alguno por lo menos. Me cuesta decirte esto. No quiero que sientas que te abandono. No te dejaría nunca, pero ya has despertado, puedes caminar más o menos y, de alguna forma, con ayuda de gestos, te haces entender en las pequeñas cosas del día a día.

En cuanto tengas más ánimo, empezarán a visitarte nuestros amigos. Somos muchos los que te queremos, J. Sé que no te apetece, no te sientes completo, no puedes expresarte como antes, estás agotado. Lo entiendo. Todos lo comprendemos. Pero llegará el día en que sí querrás. Muchos ya estuvieron aquí, pero aún no podías darte cuenta: Álvaro, Karen y Jose, Álex, Andreas, *Misantrophy*, Anitta, Marta, Dani, Javi, Bea, Lola, Cheli, el marqués... ¿No tienes ganas de verlos de nuevo?

Yo tengo que marcharme, J. Aunque te echaré mucho de menos, me concentraré en mis reportajes. Te mandaré mensajes al móvil por si puedes descifrarlos.

CAPÍTULO XX

LA CORRALA

Hola, J., ¿qué taaaal? Te sigo contando nuestras cosas por carta, ¿vale? Sé que poco a poco vas leyendo y entendiendo. Pronto estoy ahí de nuevo.

Cuando terminamos la carrera de Filología y dejamos la Complutense (calificaciones por todo lo alto, *no doubt about it*), pediste una beca de doctorado en Alemania y yo me inscribí en el Máster de Periodismo de la Universidad Autónoma de Madrid con el diario *El País*. El día que viniste a visitar la redacción, en Miguel Yuste, estuvimos diez minutos en la entrada, con el guardia de seguridad teatralmente serio insistiendo en que no podía pasar nadie sin documentación. Como siempre, no encontrabas tu cartera. La *performance* diaria, nos reímos.

Fue un año fabuloso. Mientras te concedían la estancia o no, en la ociosa espera, te presenté a mis compañeros de máster, que te cayeron muy bien, con tus reservas, por supuesto. Hicimos la fiesta *Welcome Day* en el piso que alquilé en la calle Narciso Serra. Proyectamos a la cantante Martirio, con sus aparatosas gafas de sol, en la pared del salón, y nosotros haciéndonos los copleros de nuevo dando palmas y arrancándonos por tarantos para después terminar, a lo onubense, con «me levanto *tó* los *díah*, con las mil *caloríah*».

Y después Álvaro, María *wants-morphine* (nos había pedido que la llamáramos así, la adorabas por esas cosas), tú y yo, derribados en el sillón naranja del comedor, testigo de tantas madrugadas, posando con la copa en la mano, haciendo un brindis a la cámara que creo recordar sostenía Dani a duras penas.

Y al día siguiente, a primera hora, al máster otra vez. Esa mañana tenía que entrevistar a una anciana a la que pretendían desahuciar de su corrala, en el Barrio de las Letras. Me abrió la puerta, despacio, y aparecieron ella y una especie de ganso enorme, de la misma estatura, con el plumaje alterado, emitiendo ruidos guturales tenebrosos. ¿Te acuerdas del debate sobre el verbo «despelujar»? Lo había usado en el texto para describir al insólito animal de compañía, que asomó su cabeza minúscula, un tanto «despelujado».

—Que no existe esa palabra, asegurabas con tu ímpetu natural.

—Pues Bastenier me ha dicho que queda muy bien en el texto y que debería aceptarlo la RAE.

—Pues nada, déjalo puesto y ya mandarán cartas al director.

—Bueno, es un máster, tampoco lo leerá nadie.

—Yo te leo todo.

Y te contábamos historias sobre Miguel Ángel Bastenier, ese periodista sabio, con su voz ronquísima y sus chustas de Ducados apagadas contra los folios en la papelera del aula. Todos temíamos el incendio, mientras él culpaba a «los ingleses» de los males de la humanidad. Y las bromas que le hacía a Nuria Limón. Fue él quien me consiguió después una beca para pasar el verano trabajando en Maracaibo, Venezuela, en un periódico nacional en cuya cabecera se leía *La Verdad*, qué ambiciosos. Y otra beca para Marc Torrent, de la misma promoción, ese catalán que sufrió conmigo la fiebre de calor y ron que provoca inevitablemente el Caribe. Con su inseparable tabaco de liar. Y tú imitando su acento cuando me llamabas por teléfono, que tan mal (digo bien) se te daba. Parecía georgiano. Por supuesto no se podía comentar eso, líbreme Dios de criticarte.

CAPÍTULO XXI

«ESO ES TODO»

Querido J.:

Sigo en Madrid, aunque parezca otra sin ti. Han pasado varias semanas desde mi último correo. Le pedí a Marius que, por favor, te los leyera. Sé que a veces está allí contigo. Y si él no puede hacerlo porque tenga algún concierto, también se lo encomendé a tu madre.

Hoy fui a la Plaza de los Cubos a ver *El retrato de Dorian Gray*. No tengo que decirte lo que me dolió entrar a la sala de proyección sin que me rozara tu maxicaja de palomitas. Con lo que habíamos analizado la obra de Oscar Wilde, la impresión que nos causó leer *De Profundis*, esa pasión imparable que lo acabó destruyendo.

«La juventud y la belleza, las únicas dos cosas que merecen la pena en la vida», provocaba el escritor en boca de uno de los protagonistas, Lord Henry. La trama de la película me pesaba horas después: alguien que se mantiene joven y noble por fuera mientras, por dentro, envejece y se transforma en un ser repugnante. A fuerza de ser cruel y hacer daño a los demás, su alma se vuelve viscosa, detestable. Decía Wilde que «la única ventaja de jugar con fuego es que aprende uno a no quemarse». Pero Dorian no aprende. Y se va carbonizando por dentro.

Una vez escuché que «las cosas que no se ven son como si no existieran». Y, en cierta forma, me lo creía. Pero para

Dorian, lo que nadie ve se enquista dentro, localizado en algún lugar que no tiene nombre. Cada acción tiene consecuencias. Lo bueno y lo malo. Lo malo y lo bueno. ¿Y qué significa bondad y maldad en último término? El espejo del alma… ¿Qué piensas, J.? Cuánto me gustaría conversar contigo ahora.

El rostro inmaculado de Dorian contrasta con su verdadera imagen reflejada en el retrato. Al principio recibe los suspiros de hombres y mujeres, perdidamente enamorados de su belleza, pero que, poco a poco, se va convirtiendo en una pintura monstruosa, que esconde con llave para evitar la visión insoportable de su alma despiadada. Incluso, en un momento, un pequeño gusano blanco le sale del lacrimal, en el cuadro, símbolo de su putrefacción.

Pensé mucho en nosotros en el metro de vuelta. A veces éramos duros, pero nunca con los demás. Otras, poco reflexivos, con un punto de inconsciencia. Pero vivíamos intensamente, de eso no cabe duda, sin hacer daño a nadie. Nos cuidábamos el uno al otro. Los monstruos que nos habitaban siempre fueron bienvenidos. No quisimos esconderlos. Hubiese sido deshonesto. Nosotros y nuestras sombras. Buen cóctel.

«Lo menos frecuente en este mundo es vivir. La mayoría de la gente existe, eso es todo», sentenciaba el autor irlandés. Pero advierte que, si se hace demasiado a fondo y sin medida, el Dorian de cada uno de nosotros podría destrozarnos completamente. Todo son opciones eliminatorias. A o B. Y no hay marcha atrás.

Me fui a casa comentando la película, mentalmente, contigo.

CAPÍTULO XXII

MADRID ES OTRA

Hola, J. ¿Qué tal? ¿Te vas adaptando a la clínica? ¿Has bajado ya a la cafetería repleta de cosas ricas? Yo estoy trabajando mucho, a pesar del calor, salto de un reportaje a otro y, debido a tu ausencia forzosa, he empezado a hacer planes sola. Camino por los sitios de siempre, los nuestros, y voy dando vueltas a una palabra perversa: afasia. No acabo de encajarla.

Para airearme un poco, ayer, domingo, me autorregalé una visita al Thyssen y una exposición de fotografía. De todos los cuadros, me encantó una habitación de Matisse y, de las fotos, la más pequeña de la exhibición de Annie Leibovitz.

Madrid vestía de verano, en tonos blancos y amarillos, parecía más relajada que de costumbre. Y con cierta belleza escondida, como de adolescente. A pesar de las obras crónicas y excavadoras que herían el paisaje, preferí fijarme en los árboles del Paseo del Prado, la gente en las terrazas burbujeantes y las parejas de turistas compartiendo mapa e ilusiones.

A las 12.00 llegué al museo. «Debe dejar la maleta en consigna». «Vale, gracias». «Siete euros». «¿Y el audioguía?». «Al fondo a la izquierda. Por esta puerta».

Henry Matisse había pintado varias veces su habitación de Niza. No se cansaba de dibujar el balcón, los visillos, el espejo de la mesita. Pero, sobre todo, jugaba con la luz que se colaba entre las cortinas y esa funda de violín que tanto le inspiraba. El audio narraba cómo Matisse decidió dejar París en 1917, cuando comenzaba a vislumbrarse el final de la Primera Guerra Mundial, para poder dedicarse completamente a la investigación pictórica. Volumen y espacio. Densidad y color. Perspectiva y composición. El artista lo llamó pintura intimista. Mi joya se llamaba *La quietud de la vida con mujer dormida*. Y me gustó por dos cosas: las plantas que parecían salir del cuadro y el color indefinible de la mesa malva. «Conseguí el violeta más precioso que he visto en mi vida», escribió Matisse tras su creación.

El arte salva. ¿Cuántas veces lo hemos hablado?

A las 15.00 entré en Alcalá 31. Leibovitz se había marchado, pero estaba por todas partes. El aura suele quedarse. Sus imágenes de *celebridades* no me impactaron, pero me conmovió encontrarme con los retratos de su pareja, de su compañera en todo: Susan Sontag. Su expresión me hizo sospechar una ternura inabarcable, de una delicadeza que Leibovitz inmortalizó para deleite de los simples mortales como yo.

Susan Sontag en Venecia. Una foto diminuta, colocada junto a otras tres. Se la ve en un barco, con otras personas, pero se siente en su mirada que la fotógrafa es su amante, su cómplice, su amiga. Hay cotidianidad y mucha ternura. Esa pareja siempre nos fascinó.

Después compré *sushi* y recordé el día que lo trajiste a Aravaca, al día siguiente de conocernos. Me detuve a sentir el aire sanador de esta ciudad que me toca y te busca incansable mientras te escribo.

CAPÍTULO XXIII

REALIDAD INCLASIFICABLE

Querido J.:

¿Qué tal vas? Ya sé que has intentado leer. Seguro que poco a poco consigues comprender todo. Ya queda menos. ¿Recibiste mi último correo electrónico?

Yo no tengo que ir a la redacción así que estuve en la librería Alberti, ya sabes que me encanta. Vi un libro sobre Diane Arbus, la fotógrafa de familia adinerada que creció y se suicidó en Nueva York en los 70. Nos fascinó cuando vimos su primera fotografía en aquel escaparate de una galería en Claudio Coello, ¿te acuerdas?

Siempre retrataba a gente enferma, marginal, con algún defecto o que hubiera vivido alguna desgracia. O sea, bien pensado, nos retrataba a todos. Le fascinaban las cárceles, los tullidos, los arrabales. Su predilección eran algunos trabajadores del circo y las prostitutas. Y ellos se sentían protagonistas de su historia, aunque fuera durante el instante en que la cámara hacía clic.

Todos posaban con orgullo ante sus ojos digitales. Los rechazados de la sociedad se reconciliaban con el mundo por una fracción de segundo. Todos miran al objetivo de frente. Sin miedo. Sin vergüenza. Ese era el talento de Arbus. Sus imágenes dieron la vuelta al mundo. Su tendencia a «lo grotesco» era, para ella, una liberación, la ruptura con el guion familiar, la huida de una vida ortodoxa y asfixiante. Incluso decidió el momento de morir. Eligió, para marcharse, su camisa favorita. Ante todo, sentirse bien. Clic. Y estás fuera.

Precisamente Susan Sontag hablaba de lo «inclasificable que es el mundo» en su libro *Sobre la fotografía*. Lo compramos juntos. Solo hace falta detenerse en «la cantidad y variedad de imágenes» que podemos encontrar cada día, cada minuto, de cada lugar, en cada esquina, cada objeto, cada pequeño detalle. «Lo imposible de la tarea», concluía sin pizca de ironía. Realidad inabarcable. Cada cual, un clic diferente.

Girones de un paisaje cotidiano que puede desgranarse una y otra vez, hacerse más y más pequeño. Particular. Único. En un clic. Desde esta página desde la que te escribo hasta cualquier lugar del mundo, incluido tu cerebro, J., que va sanando. Infinitas imágenes. Porciones de vida en papel fotográfico. Fragmentos de ti. En una semana estoy allí. Te llevo un *collage* sorpresa.

CAPÍTULO XXIV

SONRÍES DE NUEVO

Ya estoy de vuelta, J., contigo de nuevo. ¡Estás muy bien! Caminas perfectamente y hablas mucho, aunque no llega a ser coherente del todo. Bueno, no pasa nada. Sé que aún no estás preparado para los abrazos, perdona. Te he asustado. También yo tengo que aprender.

He hecho un álbum de fotos con nuestros viajes, nuestras fiestas, nuestras cosas. Mira.

Fiesta rockabilly en Berlín

Disfrazados para la ocasión. Yo con camisa roja de cuadros rojos tamaño miniatura y tú con tu camisa blanca un poco ajustada, brazos morenos, musculados. Vaqueros nuevos. Hablamos de hacerte una onda con gomina en el pelo, pero te negaste. Yo sí me puse unos lacitos cursis en el pelo.

Nos habían invitado a una fiesta de temática *rockabilly*. María *wants-morphine* se había enamorado de un admirador de Elvis Presley de tupé elevado que hablaba y vestía como él. Le hicimos un millón de fotos con aquel móvil pequeño, que aún no era inteligente, ni falta que hacía. Fue la noche en la que *wants-morphine*, tras varios años, se cambió el apodo a *Misantrophy*. Apoyamos la decisión inmediatamente.

En aquel local enorme, de techos altos y estilo industrial, bailamos melodías tecnoextrañas y bebimos una especie de pócima naranja («*te toca pedir*») hasta que, a las cuatro de la mañana, ya camino del piso alquilado de *Misantrophy* (ella se quedó bailando *Suspicious Minds*), supiste con tu habitual clarividencia que me apetecía una *currywurst*. Allí, comiendo sin protocolos, sentados en el asfalto, nos parecía que el mundo era nuestro. Y yo sentía que ese justo segundo, a tu lado, era lo único que necesitaba. Hasta apoyé mi cabeza en tu hombro, románticamente. Casi te da algo. Tú, que evitabas a toda legua el contacto físico en público.

Pero no importaba. Ya en la casa, esa noche, decidiste dormir en el suelo conmigo. «Es un acto de solidaridad», dijiste con el cepillo de dientes en la mano, dejaste tu cama vacía. Nos tumbamos muy cerca y ahí no tuviste reparos. Te escuchaba respirar entre sueños. Acompasados. Recibiendo y expulsando el aire que permite la existencia. Solo que en la tuya también se sostenía la mía.

Berlín despertó ambicioso. Con brochazos de arte en cada esquina, dentro y fuera de las galerías. Las calles con *grafitti*, el obelisco, cervezas en *Biergärten*. Y nosotros creyéndonos los reyes del mambo. Con esa felicidad inconsciente que solo se siente cuando se pierde. Muy jóvenes. Sin cargas ni obligaciones. Todo lo unidos que se puede estar, cual andróginos del siglo XXI escapados de *El Banquete* de Platón y huidos a un parque berlinés.

Raíces de La Mancha

Aquí estamos, en La Pueblanueva, en La Mancha, en el pueblo de mi familia materna, donde pasamos tantas noches al brasero, encadenando infusiones y llenando platos con montañas de cáscaras de pipas. Y también cervecitas, tapas, calor insoportable, olor a granja a veces, ya sabes. Piscinas repletas, el camino del cementerio de árboles secos.

Y esta es Valentina, ¿la reconoces? Nos leía siempre, como si lo creyéramos, los posos del café, o nos hablaba de lo fácil que es recibir y echar un mal del ojo. Y tú tan interesado, tan preguntón. ¿Te lo creías de verdad?

—¿Sí? ¿Has dicho que sí? Estás recordando, ¿verdad?

Has sonreído de nuevo.

Ese pueblo, hundido en la humilde meseta, te pareció diminuto la primera vez que viniste. Daba la impresión de que, si estirábamos los brazos, tocaríamos los tejados rojizos. Y bueno, no era solo una sensación: hay un par de callejones estrechísimos por donde yo creía, de pequeña, que venía aquel hombre que llamaban «del saco» y se llevaba a los niños para siempre. Mi hermano dijo que también lo vio. Pero ahí mejor no entremos. Ya te reíste bastante la última vez.

La tienda de Basilides, hermano de mi abuelo. Las calles empedradas que dan a la plaza nueva y a la torre de la Iglesia. El trompetista que amenizaba la noche en el Pub Encuentros. Todo muy *Spanish*, como la paella que prepararon mis tías, los dos besos sonoros para saludarte o el ya te has *colocao* o no te has *colocao*, cuando preguntan por el puesto de trabajo.

Algunas mujeres llevan luto por sus difuntos maridos, otras, alivio, porque «ya son muchos años desde que se fue». Ninguna viste colores. Ni mucho menos escotes. Por eso no nos cuadraba el principio de *Volver*, cuando Penélope Cruz limpiaba la tumba de su madre y su camisa negra estaba desabotonada.

Y bueno, también saben bien qué es el dolor. Cuando volví sin ti hace un par de semanas, me pararon por la calle, me hicieron corro en la plaza. Y yo sin querer llorar, con ganas de salir corriendo, con agobio de presa enjaulada. Sin saber cómo huir por esos callejones de muros.

En mi casa había un patio y dentro del patio, un olivo. Aquí lo puedes ver. Le rodea paja seca, hojas amarillas y rosales con espinas negras. Pero a pesar de todo sigue en pie. Quizá, bajo la tierra, haya extendido sus raíces hasta el río Tajo.

Casas de cal. Portalillos. Paseos del brazo. Nubes tranquilas, amontonadas, conformes con el tiempo y el paisaje.

Y también de la Mancha, el *Quijote*, que leímos en voz alta horas y horas, convencido, como nosotros, de lo peor que nos puede pasar: «no hay mayor locura que vivir sin más ni más». Excéntrico, testarudo, con ganas de aventura. ¿No eres tú así, J.? ¿Lo eras?

Y su amada Dulcinea, que le agradece su entrega absoluta con pura indiferencia. Derribado una y otra vez, Don Quijote se levanta, coge la lanza, la armadura y sale en busca de peligros. En esto también hemos sido caballeros andantes. No será por falta de tragedias y aventuras. Allá íbamos siempre tú y yo, con lentejuelas *brilli brilli* y con la noche como escudo, hasta que nos sorprendían los molinos de la vida diurna. Podíamos con cualquier enemigo. La sensación de ser nosotros nos hacía indestructibles.

St. Paul Street, Boston, MA

Mira esta casa de madera en *Central Square*, entre *Harvard* y el *MIT*. Viniste a visitarme por la *Winter School*. No nos podíamos creer que estuviésemos allí, como un *bostonian* más, yendo a comprar a *Whole Foods*, caminando por *Mass Ave* y tomando helado de pistacho y mango en *Christina's*.

Este es mi *roommate* Praveen, de Bangalore, India. Tranquilo, silencioso, con unas manos enormes y talento para la cocina. Algo en común. ¿Te acuerdas del *chicken tikka masala*? Tú apuntando la receta, entregadísimo, mientras yo, mando en mano, buscaba afanosa, entre mil canales, el *late show* de Jon Stewart. Mi contribución gastronómica para la cena era crear la atmósfera adecuada del salón.

Aquí se ven los asientos de piel del restaurante *Punjabhi Daba*, donde nos llevó a cenar varias noches, con esas bandejitas plateadas y las películas de *Bollywood* de fondo, con sus sedas brillantes y sus cadenas doradas. Y tú, bailando con las manos en la cabeza, y los camareros, con sus turbantes, entusiasmados con tu humor «latino», según ellos.

Más personas que quizás recuerdes… Andrew Paradise, el otro *roommate* de mi época allí, muy rubio y reservado. De Sommerville. Apenas abría la puerta de su habitación. Tampoco era ruidoso. Lo único que se escuchaba en nuestra casa era la madera del suelo al pisar. Y a nosotros, españolazos, como tú decías, hablar altísimo.

Y bueno, Laura Freedman. Judía, atea, bellísima, con estilo y voz que embrujaba. Rubia. De Israel. La había conocido en *Boston University*. Veo en tu gesto que la recuerdas. Te manda un abrazo fuerte.

El metro cruzando el río *Charles*. Los rascacielos de la ciudad, elegantes, se reflejaban en el agua mientras inclinábamos la cabeza y dábamos gracias por el privilegio de estar aquí. La *Red Line*, dejando atrás el *Massachusetts General Hospital* para dirigirnos a la zona residencial *Beacon Hill* con sus farolas negras, su silencio señorial y las ventanas a pie de calle, dejando entrever el calor de los hogares con libros y música clásica.

Yo había llegado antes que tú. Celebré la noche de Reyes en el avión. Madrid-Londres. Londres-Nueva York. Nueva

York-Boston. Allí arriba tenía todo lo que podía desear: la bandejita con su mini coca-cola, su minibollito de pan caliente, su minitenedor de plástico azul y esa minimantequilla que tan bien sabe a 20 000 metros de altura. ¿Y a quién le podría importar otro evento social, otro abrazo forzado, otro frasco de perfume? Creo que contemplar el cielo desde el mismo cielo fue el mejor de los regalos posibles. Viajando hacia Boston, sabiendo que pronto vendrías tú.

En esta ciudad todos tenían historias complejas y ninguno se sentía extranjero. Paseaban japoneses con nigerianos, matrimonios de vietnamitas y austriacos solemnes, millonarios ejecutivos malcomiendo en *Wendy's* junto a *healthy vegan experiences*.

Otros días encontrábamos policías que compraban *dunkin donuts* o estudiantes de Harvard, sentados en el suelo, haciendo *meetings*, con auriculares frente a la pantalla del ordenador. En fin, casi un millón de personas de todos los lugares del mundo y de todas las creencias posibles. Protestantes, católicos, presbiterianos, ateos, budistas, hindúes, mormones, deprimidos, perezosos, exaltados, obesos... taxistas, catedráticos, científicos, vendedores de periódicos, actrices, astronautas... allí cabíamos todos.

Aquel perfecto *patchwork* se parecía a lo que siempre pensamos que debía ser la vida, ¿verdad? Entre tanta desubicación, por algún motivo, nos sentíamos más nosotros. Entre tanta gente ajena, uno se encontraba menos ajeno a sí mismo. Y había banderas de Estados Unidos por todas partes. Sentido de nación. Hablamos mucho del tema hasta concluir, rozando lo pretencioso, casi lo ridículo, que la patria, para mí, eras tú. Y yo la tuya. En eso estábamos de acuerdo.

Al día siguiente, tras dejar los zapatos en esa especie de almacén de las reliquias de la entrada del apartamento de St.

Paul, tuvimos nuestra primera discusión en USA. ¿Los desayunos eran dulces o salados en nuestro país? No sé los días que tardamos en analizar tan peliagudo asunto, tú empeñado en que eran salados con *fuet, pa amb tomatet* y huevos revueltos, como si hubieses vivido alguna vez en una masía de Tarragona o te hubieses hecho una tortilla alguna mañana de tu vida, y yo diciendo que eran dulces, muy dulces porque la gente en La Mancha, mi único modelo mental entonces, se tomaba galletas María, una tostada con mantequilla y mermelada de fresa y los sábados magdalenas La Bella Easo, grasientas y redonditas, «de toda la vida».

Praveen, por darnos *small talk*, despertó al monstruo de la disconformidad. La peor de las trampas: tú y yo queriendo ponernos de acuerdo. Que si eso es una falacia *ad populum*, que si el engaño del lenguaje, que si no viene de ninguna fuente fiable... Y Praveen, perplejo, intentando entender por qué el *breakfast*, en *Spain*, provocaba tanto encendimiento. No sabía él, tan meditador, tan calmado y tan *Shuami Veda*, que somos intensos hasta acabar agotados por el menor de los detalles.

—Somos españoles, díselo, dile que somos pasionales —me pedías que le explicara.

—No todos somos así —replicaba yo, que no tenía vocabulario como para sutilezas.

—Pues se lo explico yo —insististe.

—Vale, a ver qué tal se te da con ese inglés de la academia *Wall Street* —concluí a mala uva.

Para cuando quisiste hacer tu *speech*, Praveen se había ido a su cuarto a hacer yoga. No soportó tanto fuego verbal. Y te pusiste la mano en la boca, queriéndola ocultar, como hacías siempre que ibas a deshacerte en carcajadas y que, según tú, te afeaba. Acabamos siendo dos soldados en plena guerra de tanques, con lenguaje violento, combatiendo por tener razón en el asunto más absurdo del mundo. De nuevo.

Aquí está Junko Masukane, ¿te acuerdas de ella? Le explicaste el concepto «churro» con gestos exageradísimos, como si se cayera algo gigante por la comisura de tus labios, luego tocándote el estómago, inclinándote hacia delante, con postura de embarazada. Creo que querías decirle que engordan mucho. Todo tan exagerado y pronunciando cada palabra con exceso de perfección. Pero bueno, no sigo, sé que podrías volver a enfadarte. Hablas inglés perfecto. Cierro cremallera. Puro acento británico, vamos, a veces pienso que naciste en *Notting Hill.*

Praveen y Junko, como era de esperar, olvidaron al instante las conversaciones, cosa que tú y yo no hicimos nunca. Quedó como uno de nuestros temas recurrentes sin solucionar.

—¡Uff, desayuno español! —Nos mirábamos cuando salía algún asunto espinoso.

Juntos en NYC

Esta es la mejor foto de todas. Sí, sí, cógela. *New York City*. Mi sueño desde niña, desde que vi *Annie Hall* en un televisor roto de mi casa de Talavera. Pasamos un verano juntos en la Gran Manzana: *SoHo*, *TriBeCa*, *Queens*, *Greenwich Village*, *Harlem*, *Upper West Side*… Con tu sonrisa gigante y la maleta azulona-molona, comiendo hamburguesas XXL.

Fui a recibirte al aeropuerto, el *JFK*, con la gorra de los *NY Yankees*. Qué rara te quedaba. No pudimos reírnos más. Llegamos tarde a la Ópera, al *MET*. No calculé los tiempos, lo sé, tuvimos que sentarnos frente a una pantalla, como en el Real, solo que aquí no era fácil regresar.

Comentamos desde el puente de Williamsburg, tras devorar unas ostras deliciosas, que nos encontrábamos en la ciudad de todas las ciudades. La pulsión de vida nos penetraba. Y le dedicamos un poema en prosa a *Central Park*, escrito en aquella elegante Moleskine tuya, un párrafo cada uno. Aquí lo tengo.

La luz que nos gusta no tiene dueño. Llega desnuda, dorada, tímida, fugaz. Música suave, plantas inquietas. La claridad de este parque de ambiciosos y solitarios. Como si alguien hubiera envejecido el oro del mundo y después lo hubiera dejado marcharse, apresurado, el sol de cobre eligió *Central Park* para instalarse. Con un corazón verde y dorado, Nueva York respira a través de esta hierba fresca que nunca se comprende, dispersa entre caminos laberínticos y lagos urbanos.

Somos muchos los que, respetuosos, atravesamos este rompecabezas de colores y dibujos, este catalejo que mira al mar. Apenas un movimiento de hojas compactas y minúsculas, como suena Scarlatti en un gramófono antiguo. Los bancos de madera, con placas y fechas, evocan a los amantes. El estanque, con solemnidad, solo podía nombrarse de este modo: *Jacqueline Kennedy Onassis Reservoir*. Aquí, tímidos, los rascacielos se lavan la cara en el agua, sin acercarse demasiado. Dejan su grandeza en el armario. Se escucha, a los lejos, notas de guitarras, violines, violonchelos, junto con equipos de música con *hip hop*, *jazz*, *pop*, bachatas… lo escuchan los que practican yoga, *capoeira*, gimnasia rítmica, meditación vipassana… todo encaja en este sitio en el que sobramos todos.

El centro de Nueva York es un corazón de cobre. Aquí los que, bendecidos, habitamos este lugar temporalmente, enfrentamos los contrastes del mundo, miramos a la cara.

La luz que nos gusta no se queda a cenar.

Cuentan que, en las noches más oscuras, otro mundo se apropia de estos caminos. Escondites de arbustos, aguas pobladas de misterios. Y de día, vuelve el nítido dibujo de paz en la capital del planeta. Un alma de aire en papel de regalo. Los narcisos flotan, enamorados del reflejo de su imagen. Pero el juego de brillos dorados y reflejos de cristal embellecen el alma del más distraído. La salvación en la belleza, otro de nuestros grandes temas. Verdad. Bondad. ¿No era lo mismo?

Nadie querría marcharse. Un hilo musical imaginado elige una canción de Sinatra, que nació aquí al lado. Y cuando el sol avisa de su retiro cotidiano, surgen del misterio las libélulas. Rayos de verde fluorescente de un lado a otro del camino. Fugaces. De un verde deslumbrante. Las ardillas se acercan para mirarte. Lluvia de contradicciones. Después se marchan a saltitos.

Un pájaro azul cruza este lugar infinito. El sol se echa a dormir en el lago. Noche cerrada, pero llevamos el brillo dentro. Porque hay pocas verdades que no traicionen. Y siempre seremos parte de banco de madera, con nuestras iniciales talladas, como si habitáramos el sueño de *Central Park*.

CAPÍTULO XXV

A TU LADO RESPIRO

Hoy es domingo y vienen muchas visitas a la *Schön Klinik*. Tú sigues mirando el *collage* y se reflejan en tus ojos los colores, garabatos y retazos de recuerdos para tus retinas, hasta ahora reflejo de batas de enfermeros y medicinas.

Informé a *El País* que me quedaría unas semanas más aquí. Al final me despedirán. Pero no consigo volver a la normalidad, qué puedo hacer.

Estoy bien en este lugar. «Este país per-fec-to», enfatizabas a veces con retintín. «Es como una ciudad-decorado, demasiado aséptica, inaguantable para cualquier mediterráneo». Y sí, es cierto, las calles están limpias, se respetan los turnos para hablar y la gente es muy amable en las tiendas. Dan las gracias y piden perdón, aunque no hayan hecho nada. El pan está caliente, las flores, vivas, y las palabras, pensadas. Me gusta.

Anoche empezó a nevar sutilmente, como a escondidas, mientras tú dormías. Hablar de la nieve, coincidimos tú y yo siempre, es caer en la cursilería más empalagosa. ¿Cómo explicar que uno no se cansa de mirar? Pasé una hora inmóvil frente al ventanal. La pureza resiste definiciones. Es como plasmar el mar en una foto.

Dos orquídeas adornaban el *hall* de la entrada a la clínica. Una violeta y la otra, blanca. En la sala de espera, silencio redondo. Hasta yo, vigilada por mí misma, intenté escribir despacio, para que cada una de estas letras no estropearan la paz de este momento de calma. Copos grandes y pequeños.

Stevens hubiese escrito un poema a esta secuencia, Degas esbozado una bailarina y Capa disparado la cámara contra el tipo de paraguas azul oscuro que entró sin dejar de mirar al cielo. Clic, y recogería el instante.

Voy a confesarte algo. Mientras contemplaba el espectáculo blanco hace un rato, sentí una punzada de bisturí en el estómago. Un corte limpio. Me encogí y tuve que desdoblarme para contemplar un cuerpo incómodo, el mío, que miraba las montañas y sentía que te había perdido. Es imposible explicarte el frío de esta nueva sensación de invierno.

Me vinieron tantos momentos vividos contigo. Las veces que vimos amanecer entre brindis, entre miedos, entre bromas. Los trenes que cogimos, los que perdimos, los autobuses nocturnos… el sorbete de limón, aquel vaquero cuando entraste en clase por primera vez, el Templo de Debod, nuestros viajes, los paseos, los cafés… Mientras veía mi reflejo en la ventana, me pareció escuchar tu risa… Pero ahora no puedes reír. Bueno, mejor dicho, ríes de otra forma.

No quería ponerte triste, perdona. A veces siento que me voy apagando, J., me debilito y ya no te tengo a ti para sostenerme.

CAPÍTULO XXVI

¿TE SIGUE GUSTANDO EL SUR?

Hoy tienes un ataque de hambre y huyes de la habitación, al menor descuido, en busca de la máquina de chocolatinas. Es parte del proceso. Caos total. Ya caminas bastante bien así que imagino que sueñas con volver al atletismo. Un susto tras otro. Dijo esta mañana el enfermero que estos comportamientos son normales. ¿Definición de «normal», por favor? Lo pasas mal y te leo libros para distraerte. Pero si me descuido, desapareces a toda velocidad.

Ya estoy soñando con ir a Andalucía de nuevo contigo. Volver a empezar. Allí sí podrás escaparte por donde quieras. Las playas, el puente de la soledad. Tenemos tanto que celebrar: pisaste el otro lado y se te permitió regresar.

Miro por la puerta de la habitación. Pasan pacientes en sillas de ruedas. Algunos con los ojos cerrados. Siento por momentos que me encuentro en aquella película, *Awakenings* (*Despertares*), con Robert de Niro y Robin Williams. Imagino a estas personas, que ya me resultan familiares, recuperándose de repente, levantándose, corriendo. El otro día hasta soñé que les tiraba una pelota de goma, como en aquella escena, y la apresaban con fuerza. Después nos íbamos todos a un parque de atracciones a celebrarlo y comprábamos algodón de azúcar.

¿Te sigue gustando el Sur? El mar, la mar... ¿Podremos volver? A veces me aterroriza la idea de que hayas cambiado de forma irreversible. No puede ser, ¿verdad? Es solo que no sé si te encantan las mismas cosas. Me he olvidado de mis propios gustos.

No hay prisa, J.

CAPÍTULO XXVII

VUELO IB 3242

Llegó el día esperado. Nos vamos de aquí. ¡Por fiiin! Madrid se vestirá de gala para recibirnos. Acabarás de recuperarte seguro. Esas calles sabrán cómo enseñarte.

Listos para volver. Cogemos el mismo vuelo: IB 3242.

Ha sido difícil convencerte para que subieras al avión. Te sigues sintiendo un poco inseguro. Nos han anticipado los médicos que la adaptación a tu antiguo entorno será paulatina, que te resultará muy estresante, que no pueden asegurar cuánto más podrás recuperar en la expresión oral ni cuánto recordarás del pasado.

Me siento contigo, pasillo. Te dejo la ventana, aunque no haces un gesto de alegría. Probablemente no recuerdes que detestas viajar en pasillo. Sospecho que la afasia también viaja con nosotros.

Barajas. Taxi. Portal. Abrimos la puerta. Respiras agitado. Parece que vas a salir corriendo en cualquier momento. Pero te quedas. Al entrar en casa de tus padres has mirado las fotos de tu hermana, las tuyas, las de tu abuela. Permaneces más rato mirándola a ella, se nota cuánto la querías.

Otra complicación es que, debido a tu estado, has dicho a tu manera que siga sin venir a verte nadie, que me tome yo algo con nuestros amigos y luego suba y te cuente. Pero ellos quieren estar contigo, J. Piénsalo, ¿vale? Te echan de menos.

CAPÍTULO XXVIII

INTENTO DESCIFRARTE

A las dos semanas de aterrizar en Madrid, algunos amigos subieron a casa de tus padres, por fin, a verte. Me hiciste comprender, a tu forma, que estabas preparado. Llamaron a la puerta de tu habitación. Pero finalmente no quisiste abrir. Después, cuando se fueron, me dejaste entrar y celebraste, liberado, que había pasado el momento tenso. Suspiraste de alivio. Yo no sabía qué hacer. Pero sentí que no estaba bien. Y te lo dije.

No te puedes aislar. No es bueno para ti.

Algunas veces te enfadas un poco también conmigo. Lo entiendo. De tener tanto control lingüístico, dominar tantos idiomas, escribir tus poemas, tus relatos, de ser el mago de la conversación, con todos alrededor, suspendidos en una admiración genuina, natural… esa sensibilidad tuya, J., es normal que no puedas encajarlo. Yo intento descifrar tus palabras inconexas. Lo intento cada día.

Esta es nuestra relación ahora.

Como tengo que trabajar, he comenzado a espaciar mis visitas. Voy al periódico y tú al centro de la Asociación Nacional de Afasia. Te tratan muy bien. Vas conociendo a otras personas que han sufrido algo parecido. Imagino que te sientes acompañado. Los sábados y los domingos, paseamos juntos. Te noto mejor, pero no acabas de estar a gusto en tu cuerpo, sin palabras adecuadas. Estoy aquí. No sé si sirve. Me miras extrañado. ¿Por qué, J.?

CAPÍTULO XXIX

PLAZA DE ESPAÑA (SMS)

Querido J.:

Hace una semana que no voy a visitarte, disculpa. Tuve que viajar por trabajo. Me he enterado de que ya puedes vivir solo y te mudas a la calle Nuncio, a cinco minutos de la Plaza Mayor, de la Puerta del Sol, de todo. ¡Enhorabuenaaaaa!

¿Quedamos mañana en Plaza de España? Ahí se nos pasará todo. Invito yo.

CAPÍTULO XXX

MI QUERER ES MÁS COBARDE

No sé qué te pasa últimamente, J. Me hablas con frialdad y lo poco que consigo entender es muy duro. Me has enseñado tu nuevo hogar, me ha encantado, pero algo no acaba de funcionar entre nosotros. ¿Qué está pasando? ¿Tú lo sabes?

Esta tarde hemos tenido una discusión. La primera desde el accidente. Justo frente a tu portal, con el jaleo de la gente entrando y saliendo del restaurante La Posada. Tus ojos inflamados de rabia. Te sentó mal algo, pero creo que el enfado no era contra mí sino contra el mundo. No supe cómo reaccionar. Estoy preparada para cualquier cosa menos para esto. No me atrevo a verbalizarlo, pero siento que ya no me quieres igual. Hemos vivido episodios durísimos, pero esta sensación me supera. Ya tuve otras rupturas, pero esta es diferente. No lo decidiste tú. Empiezo a pensar que aquel golpe fulminó también los sentimientos. ¿Puede existir algo así? Los médicos dicen que sí. Se equivocan, ¿verdad?

He leído mucho sobre traumatismo en el lóbulo frontal derecho, sobre la pérdida del lenguaje y de la afectividad. ¿Se ha dañado esta parte? Últimamente me miras raro. Eres el mismo por fuera, pero, cuando te observo fijamente, parece que respondiera otro por dentro. Estoy aquí, J. Soy yo. ¿Quién eres? ¿Puede que a nosotros también nos pese el tiempo, que, como a otras relaciones, los sentimientos del principio se vayan enfriando, alejando...? No puede ser, no contigo, J.

Esta mañana entré en nuestra última conversación por *Skype* aquel 8 de octubre, día del accidente. Lo hago a menudo. Es para estar un rato contigo, con el J. cómplice, con el de antes. Me enviaste esa foto con el *piercing* en la oreja izquierda, en la parte de arriba. Es una autofoto. Así la llamaste para no usar *selfie*, que te molestaba tanto anglicismo. Está tomada desde muy cerca. Querías que comprobara lo bien que te quedaba. De hecho, solo se ve la oreja fragmentada y un ojo enorme, muy oscuro, cortado a la mitad, como si presagiara algo. Y esas pestañas interminables. Es tu última foto, J. Me la mandaste justo antes de salir hacia la fiesta de Annita.

Y ya no volviste. O volviste de otra forma. O yo no sé hacerlo mejor.

Ahora pasamos tiempo en Nuncio, en «pleno centrazo», como nos gustaba decir. Seguimos tomando café en terrazas de diseño, comemos en restaurantes japoneses, platos ecológicos en veganos, árabes por La Latina, peruanos, etíopes. Hemos paseado bastante. Tanto rezar, puede que por eso despertaras. Pero se me olvidó añadir un detalle: pedir (qué estúpida) que, junto a tu cuerpo, volviera también tu alma generosa que me entendía. Desde que despertaste, no me volviste a mirar como lo hacías. Ni nos entendemos igual. Soñaba con que volvieran nuestras risas, que acabaras mis frases, que conectáramos con la complicidad de siempre. O simplemente que, de alguna forma, yo pudiera sentir que me querías.

Se me olvidó suplicarle a tus ojos que no dejaran de mirarme. Pensaba que eso no se podía perder. Que si estabas vivo, me querrías. Era una lógica indiscutible. Nos guardábamos el uno al otro en ese búnker del cerebro donde no llega nada ni nadie.

Las veces que sufrimos juntos esas heridas románticas que dejábamos cicatrizar en pistas de baile, al ritmo de música petarda, entre el *Black and White* y cualquier bar cutre con pantalla de televisión gigante, grasa en la barra y máquina tragaperras. Y siempre amaneciendo, poniendo las calles, bromeábamos. Las penas, así, eran menos penas. Pero esto no me lo esperaba, J., nunca fue un miedo.

Esta mañana escuché también tus discos, leí dedicatorias de los libros que me regalaste, sonreí con tus consejos de *Feng Shui*, clavé en la pared los poemas que me escribiste y releí una a una las palabras que nos mandábamos desde cualquier parte del mundo. Perdí el conocimiento. Me dijeron en la farmacia que era una bajada de tensión. O no.

Ya no estás, J. Despertaste y te costó volver a moverte, a caminar, a hacerte entender. Esta fue la peor parte. Con lo que te gustaba hablar. Con lo bien que hablabas. Y tanto humor, tanta gracia bajo cualquier frase de cualquiera, en aquellos días cualquiera, maravillosos, que no sabíamos que lo eran. No me canso de pensarlo.

Pero fuiste valiente, J. Luchaste mucho. Me alegro por ti. Me hace feliz que volvieras al mundo, que vivas justo donde te gustaba, y que vuelvas a disfrutar de la música clásica, con los ojos cerrados y la barbilla hacia arriba, absorbiendo cada nota, perdiéndote en cada acorde.

Ahora tienes nuevos amigos y mantienes algunos de antes. El mundo te dio una oportunidad. A mí me cuesta. Esta vida sin ti, aunque estés, no me gusta. Aunque tienes cuerpo, en la parte del cerebro que te golpeaste, justo ahí, estaba escondida yo.

Ahora, a veces, me miras indiferente, me hablas con frialdad. Dice tu madre que es consecuencia de la afasia. A ella le haces algo parecido a veces. Pero te quiere demasiado para tenértelo en cuenta. Mi amor es más cobarde, J. No sé.

Necesito dibujar una vida, esa que ya no existe y que debo empezar de cero, sin ti. Ojalá pudieses volver. Qué parte del cerebro es esta. No encuentro terapia para esta tragedia.

CAPÍTULO XXXI

LOS GRADOS DEL AMOR

Hoy he recibido un *mail.* Son pocas palabras, pero están bien escritas. Tienen sentido. Sabía que lo conseguirías, J. Me llega claramente lo que quieres decir, aunque haya algún error. Yo también te quiero, aunque no me atreva a decírtelo. Tampoco tengo claro mis sentimientos. No conozco los grados del amor. Ni si pueden desaparecer por un golpe o por el simple efecto corrosivo del tiempo. Pero pienso en lo feliz que era a tu lado y todo lo que hicimos juntos. Eso ya no nos lo quita nadie.

Ya llevo un mes en Sevilla. Sabía que lo entenderías.

Imagino la herida que te escuece cuando tratas de escribir, buscas la frase adecuada y escribes otra cosa. Puedo sentir eso que te atraviesa. Me dueles tanto, J.

Me ofrecieron la corresponsalía aquí. Han sido muy generosos conmigo en el periódico.

Hoy le hablé de ti a un compañero de la redacción. Le conté que escribías tan bien que me hubiese quedado a vivir en tus palabras. Habrá pensado que estoy loca. Que, cuando estabas de broma, me daba dolor de tripa de tanta carcajada. Cuando estabas triste, sentía, por una fracción de segundo, me rompía. Pero en quince segundos respirabas hondo, me mirabas y de vuelta a la celebración constante que eran todos nuestros días. Y en los dos estados siempre sentía que devorabas, entendías, disfrutabas de lo que yo pensaba, lo que decía, lo que hacía, cómo me movía, lo que comía, lo que dejaba en el plato, por donde paseaba, el metro que cogía, el tren que dejaba pasar. Siempre me decían que, acostumbrada a ti, tan fabuloso en todos los sentidos posibles, nadie podría enamorarme. Y tenían razón. ¿A quién podría encontrar como tú, J.? Y, además, ¿quién querría a otra persona teniéndote a ti?

El desasosiego se va marchando. Enemigo cruel. En algún momento regresaré a Madrid y hablaremos de nuestras cosas en algún bar de moda. Y volveremos a vencer esta batalla que me pincha cada día como agujas de alfiler. Sabes que no aguanto mucho tiempo lejos de ti.

Camino otra vez por estas calles del barrio de Santa Cruz. Hoy entré a comer, tímidamente, a un restaurante típico, escondida tras la portada del periódico para pasar inadvertida. Pedí una mesa para tomar un menú. Y un camarero, al otro lado del bar, lejísimos, preguntó a gritos: «¿*Eres* solaaa?». Me sorprendió el uso del verbo «ser». ¿Tanto se me notaba? Con mucha vergüenza, contesté muy bajo: «sí, sí», con la cabeza encorvándose cual avestruz. Y añadí, para mí misma: «ya siempre *soy* sola».

Pero la vida trae siempre alguna sorpresa. Y en el bar donde desayuno ahora, ayer, una niña rumana me preguntó si yo sabía español, que ella no lo hablaba bien y que, por eso, aquí no entendía nada. Yo le dije que nadie entiende nada, nunca, y que eso es lo normal, que no se preocupara. La pequeña me confesó, afectada, que no tenía amigos en el colegio. Le dije que eso también es normal, que en el fondo todos estamos solos. La niña abrió sus ojos enormes: «Bueno, pero ahora que estamos juntas podemos pintar», propuso. «Claro, por supuesto», contesté yo, «¿quieres pintar una muñeca?». Ella se encogió de hombros: «Mejor pintamos otro mundo». Y yo estuve de acuerdo.

CAPÍTULO XXXII

EL MAR LO CURA TODO

Querido J.:

Mis días en el Sur están siendo duros. No soy valiente, J. Hoy cogí el coche y conduje tres horas hasta la playa de La Antilla, en Huelva. Quería llegar a Portugal, pero no pude.

Volver al Sur está siendo difícil. Regresar siempre es raro. Empezar desde el final, la última decisión, el momento anterior. Deshacer un dolor como una rosa de sangre. En un punto, siempre es el mismo lugar. Sonrisas de escaparate, nubes del pasado, desastre de ropa en el cajón. Al menos, afortunada, puedo ver el mar. La sal cura. El agua infinita absorbe todo. Recicla. Y nos deja desnudos de preocupación. Pero dura poco. Gestos de otros en la orilla. La toalla, casa sin cimientos.

Hay torpeza de árboles en La Antilla. Este hogar improvisado, en los bajos de Andalucía, me permite contemplar un bosque curioso, una especie de selva de sequía, naturaleza pendular. Pero muy lenta. Las horas pasan y vuelven a pasar. Y mi mente, aún más despacio que las hojas reunidas en pequeños grupos de veinte. Y me da por pensar, qué estupidez, que se aglutinan por ramas elegidas, por sintonía con otras, como si se pudiese elegir.

He parado a comer algo. Piso la arena mientras dejo enfriar el plato. Pensé que tenía hambre, pero me equivoqué. El aire mueve las cortinas. Muy despacio. Con ecos de comparsa. De

Cristo de los Gitanos. Un viento perezoso, solemne. Y contra la belleza exterior, la presencia de alimentos. La redención del periodista. Mi realidad de sonidos flotantes, gafas de buceo, chanclas de colores, seres ruidosos.

El agua atlántica hace daño. Intento conocerla, a pasos medidos (*no me resignaré*), pero el mar se echa encima con violencia. Me sorprende como un amante torpe, me supera como tu recuerdo en el desayuno. Paseos marítimos y gente que me sobra.

No encuentro el ánimo adecuado para esta playa. Nunca encuentro el tamaño apropiado de los sentimientos. Llevo protección alta, por si el sol vuelve a por mí. Las quemaduras necesitan reposo. Siempre es lo mismo: que todo te quema y se quema, que todo desaparece, que desapareces. Me hundo en el agua muerta de tu recuerdo vivo.

CAPÍTULO XXXIII

POSTALES DEL CARIBE

Querido J.:

Llamé a mis antiguos compañeros venezolanos y les supliqué una colaboración en el diario *La Verdad*, como aquel verano maravilloso. Necesitaba huir. Hay peligro por aquí, desde luego, pero ciertas pulsiones son implacables. Ya llevo aquí un mes. Como en aquella canción ochentera de La Unión, «si un día he de morir, que sea aquí, en Maracaibo». Fíjate en la imagen, se ve el lago de fondo. Mi casa está al lado.

¿Sabes que el Papa habla wayú? Un tipo muy serio, le comentaba ayer a otro que el Papa Benedicto aprendió esta lengua indígena del estado del Zulia, en Venezuela. «No, no fue este Papa, fue el otro, Juan Pablo, que dominaba los idiomas guajiros», respondió su amigo. Yo les escuché, estupefacta, me encogí de hombros y pensé por qué carajo (como dicen ellos) me he venido a vivir aquí. Desconexión… la necesito.

Estábamos mirando el televisor en una arepería cerca del lago. El Papa alemán regresaba de su viaje a Israel. Las imágenes caían sobre nosotros, que esperábamos la codiciada arepa de pernil en la barra. Había visitado Jerusalén, la tierra prometida, con ese muro preñado de papelitos que contienen los deseos de la gente que aún tiene deseos. Pretenden que Dios lea esos mensajes, que escuche esas plegarias diminutas y arrugadas. Como si Dios pudiera entender esa letra tan pequeña. Aunque quizás hable wayú.

Y bueno, te escribo para contarte que el sábado vi una pistola de cerca. Me apuntaba. Regresaba de una playa paradisíaca y me monté en un autobús renqueante, buseta lo dicen, tan oscuro que ni podía verme las manos. Eso sí, a toda velocidad y con música desorbitada, bachata creo. El volumen desmadrado hacía vibrar las ventanas abiertas, sucias y rotas. Música atronadora. Y de repente el silencio.

Entraron cuatro hombres armados y gritó una pistola. De las de verdad. Yo, que he visto muchas películas del Oeste, iba ahora en la diligencia. Sabía cómo comportarme. Le entregué todo al ladrón que me apuntaba mientras el destino dudaba qué hacer conmigo. *Boooom*. Y ya no escribo esto. El atracador, flaco y nervioso —como todos los atracadores, me dio tiempo a pensar—, decidió no disparar. Tuve suerte. Iba bastante despeinada. La playa, el sol, la caminata... No le gusté. Ni al ladrón ni a la muerte, siempre tan caprichosa.

«Menos mal que no nos quitaron las pantaletas», dijo una mujer menuda y morena. «Pantaletas» es ropa interior. Contó esta atracada del asiento de atrás, cargando un bebé que lloraba todo el tiempo, que a veces «los malandros», los delincuentes, dejan a la gente desnuda, tirada en el campo, para quitarles todo y que tarden más en denunciar.

Hoy me levanté y no estaba sola. La sensación de estar viva despertaba a mi lado. Los ladrillos de «mi» casa se estremecieron al verme pasar. Pensé que estaba loca pero, al abrir el frigorífico, me di cuenta de que no, de que estaba peor. Intenté coger la botella de agua, pero mis manos resbalaban una y otra vez, una y otra vez. Los elementos se rebelan a veces. Ya se sabe. Me até un paño de cocina a la muñeca y, a regañadientes, la botella, rendida, se dejó atrapar. Creo que estaba nerviosa. Tomé agua de un solo trago, como el *whisky* en el Oeste.

Hay una tierra que no tiene miedo y figura silenciosa en mi pasaporte. Venezuela. Donde comentan que el Papa —no se deciden cuál— habla lenguas indígenas. ¿Quién contesta a algo así? Acabo riéndome sola y le digo al tipo de la barra que el mundo es un disparate. Claro, vengo de una buseta a todo trapo, a velocidad de *rally* y con sucios cristales rotos. Por suerte no dispararon.

¿Te imaginas a Juan Pablo II, en la guajira, sentado en un pupitre, con el lápiz bien sujeto y aprendiendo wayú?

Una pistola que me apuntaba. Había una mujer con un bebé. También miró la pistola. Y la muerte nos miró a las dos. Pero no le gustamos. Cierro los ojos y veo al malandro. Se me quedó dentro. Quizá dispare la próxima vez.

Te echo de menos.

Chichiriviche

Querido J.:

¿Cómo vas? ¿Recibes mis *mails* y mis postales? Te escribo hoy desde Chichiriviche (te encanta el nombre, ¿a que sí?), en Colombia, una de esas costas que no te puedes creer, con palmera inclinada y kilómetros de arena blanca. Mira la postal. Estoy en ese encuadre. Te mando un abrazo justo desde ahí. ¿Lo notas?

El dueño del alojamiento donde me hospedo, Fabrizio, es un italiano de unos cincuenta años. Salió a recibirme sin camiseta y con chanclas negras. «La buena vida está frente al mar», dijo a modo de bienvenida con un marcado acento de

Roma. Su esposa, Dalia, más joven y más mulata, me sonríe también. Creo que te caerían bien, inteligentes, sin pretensiones, muy guapos los dos.

Vine con un grupo de periodistas de otros medios, pero ya duermen todos. Tras un viaje larguísimo no quedaban ganas para nada. Llegar hasta aquí agota a cualquiera. Y más con la experiencia a cuestas de mi último autobús, la buseta, el delincuente flaco.

Pero esta vez no ha sido un atraco, un posible secuestro o cruzar por campos de descanso de las FARC. Hoy hemos sobrevivido a las carreteras repletas de «huecos» —como llaman aquí a las zanjas— combinadas con unos montículos gigantes que hacían frenar a los coches inesperadamente, de forma violenta. En seco. ¿Badenes decimos en España? Aquí los llaman «policías acostaos». Asustan a los conductores. Nos hemos cruzado con cuatro siniestros.

Con los demás, hemos comentado algunas de nuestras vivencias de estos meses en Maracaibo. Las Tertulias del Té Azul, por ejemplo. Todos los martes, en casa de Eva, que trabaja en ACNUR, con un cuento escrito cada uno. La excusa era la literatura. El objetivo real, vaciar las decenas de botellas de vino que, con sus brindis correspondientes, traíamos para la ocasión.

Los miembros del Té Azul, alguno de ellos descansa cerca de mí mientras te escribo, debíamos representar, durante la cena y la posterior lectura de relatos, un personaje inventado. Ya al entrar al salón, debíamos entrar con nuestra máscara puesta. Eran las reglas. Mi nombre era Valeria, escritora argentina. Pero también acudía gente importante, como la mismísima Madame Bovary, el poeta Rimbaud, la maga de Cortázar y un tipo especial, Ricaurter, que comenzó muy seriamente siendo un héroe nacional venezolano y a la tercera semana se convirtió en Lola, «la sabrosa Lola». Tuvimos que permitírselo. Cosas del alcohol.

También hablamos de la indígena flamenca. Fue en un espectáculo del teatro Lía Bermúdez, la escuela de baile La Giralda. Una niña de unos once años salió muy digna al escenario, con su peineta y su bata de cola. Sus rasgos desentonaban en principio con los lunares de la falda, pero sus ganas de superarse fueron muy flamencas, con todo el arte guajiro del mundo.

Ya sola, frente a este Caribe de estrellas, rodeada de noche, me acuerdo uno a uno de los momentos de los últimos meses: volar en Los Andes, la catarata de aquel río, los «brollos» (cotilleos) de Dyana, las miradas de Sheyla Urdaneta en la redacción, los programas de cinco horas de Hugo Chávez en televisión, lo «chévere» en todas partes, el supermercado Enne, los taxis llamados «porpuesto» que se caen a trozos, los bailes latinos acalorados, las hamacas en la Guajira, las cenas con Dalia…

Esta playa que hoy me acompaña, Chichiriviche, es tan nueva para ti como vieja para mí cuando me leas. En algún momento, quedará atrás junto con otros muchos lugares. Y yo me pregunto, mirando al cielo y apagando el penúltimo cigarrillo de madrugada: entre tantas luces, risas, días, caminos, palabras, encuentros, viajes, tantas Venezuelas, ¿dónde hemos quedado nosotros?

CAPÍTULO XXXIV

EL QUE ERES AHORA

Querido J.:

Ha pasado mucho tiempo desde mi última postal. ¿Cómo estás? Hoy volví a sacar nuestras fotos, a leer nuestros *mails*, mensajes... y recordarme contigo. Tengo tres cajas llenas.

Me ahogan nuestras imágenes felices en Punta Umbría, con *Misantrophy* en Berlín, con los filólogos de clase en Praga, en París por Nochevieja, con aquel chico, *Chicli*, que conocimos en Lavapiés, con Álvaro, al que las camisetas le sientan mejor que a nadie, en vuestro piso de Narciso Serra... otras comiendo un roscón de Reyes (riquísimo) con tus padres en Toledo, en el *Stonewall* de Nueva York, en la Feria de Abril de Sevilla. Aquel día que nos llovió tanto, ¿te acuerdas? Imágenes de tanta gente y en tantos sitios.

Una me ha hecho llorar. De nuevo.

¿Qué haces ahora en tu día a día?

¿Qué nos *une*?

¿Te conozco, J.?

Incomunicación entre nosotros.

¿Quién escribió un guion tan absurdo?

Estás vivo y soy feliz por ello. Quizás la que desapareció fui yo. Todo cambia, como en la canción de Mercedes Sosa que escuchábamos juntos. *Cambia, todo cambia.*

Siento mucho haber desaparecido. No puedo explicártelo bien, pero, si te sirve de consuelo, yo tampoco me lo perdono.

Creo que no pude más. Me superó el dolor. El coma, el hospital, los médicos, sí; la falta de movilidad y de palabras, también; pero sentir que quizás no me querías, que preferías no estar conmigo, fue insoportable.

Miro de nuevo el único ojo de tu última foto. Es grande y oscuro, pero lleno de mí. ¿Tiene sentido? Lo observo y me reconozco en él. Aquel ojo me quería. Ahora, tus ojos son los mismos, pero dentro me mira otro. ¿Qué sientes, J.? Yo no estoy bien.

CAPÍTULO XXXV

VOLVER A EMPEZAR

Querido J.:

¿Qué tal? Siguen pasando los días, imperturbables. Ya me decidí. He hablado con otro periódico y me han ofrecido un puesto de redactora. ¡Regreso a Madrid! Ya compré el billete para el 18 de diciembre por la tarde. Podría instalarme en tu casa de Nuncio, de momento, si te parece bien. ¿Se puede volver a empezar? ¿Quieres intentarlo?

He pensado que tendré que aprender el lenguaje que usas ahora. Me resultará difícil, pero no importa, quiero intentarlo. Cualquier cosa con tal de recuperar nuestras risas juntos.

También querré al que seas ahora. No importa que sienta que eres otro o que no me quieras como antes. No todo consiste en sentir. ¿Y qué significa «querer» de todas formas? Solo queda aceptar esta metamorfosis, la impermanencia… Aquí la tenemos.

Me ha venido bien la distancia, J., y he curado ciertas heridas. Ahora siento que necesito volver a ti, si me dejas. ¿Quieres intentarlo?

He decidido que, si me pesa demasiado la incomunicación, lo asumiré también. Quizás lo consiga. Más obstáculos te ha puesto a ti la vida y tú los has superado. No quiero ser cobarde.

Y si no volvemos a ser los de antes (yo tampoco lo soy), me conformaré con mirarte, con darte la mano, con ver películas juntos, dar un paseo tranquilo por el Retiro. Incluso sin hablar. Probaremos el silencio. Hasta haré la fila para comprar entradas del Real, las más caras. Visibilidad total. A lo grande.

Y si es necesario y tú no puedes, ya pongo yo el amor de los dos.

CAPÍTULO XXXVI

REENCUENTRO

Te fuiste un martes, 18 de diciembre, desde tu casa de la calle Nuncio. Eran las once de la noche. No me esperaste. Habías hablado por teléfono con tu madre. Todo parecía estar bien. Pero vino la muerte a buscarte de nuevo.

Me reencontré contigo en el tanatorio de San Isidro de Madrid. Tenía otro plan para vernos ese día, pero no sé si leíste mi *mail*.

Habían escrito mal uno de tus apellidos en la pantalla. Fui a decírselo al responsable. Sé que te habría enfadado. A mí también me molestó.

Tu nombre, **Julio**.

Te habían envuelto en tela blanca. No se te veían las manos. Te gustaban mucho tus manos. Si nos hubiesen preguntado, se lo habríamos dicho a alguien. Lo hablé con el marqués. A mí también me habría gustado verlas de nuevo. Las destapo a veces en mi cabeza.

Ahí estabas. Con los ojos cerrados y tus pestañas de siempre. Pero ya no era Múnich ni Cuidados Intensivos ni la Clínica de Rehabilitación de Salzburgo. Este golpe es ya definitivo.

Acepté la primera derrota, la segunda, la tercera… Pero esto ya no. Íbamos a vernos esa noche, a encontrarnos. Quería intentarlo de nuevo. Quizás los sentimientos se podrían recuperar en otra zona del cerebro. Estaba animada. Pero la vida nos ha arrebatado también esta posibilidad.

Un golpe desafortunado y el amor desaparece. Un accidente y se deja de querer. ¿Quién puede con eso? Fuiste rehaciéndote sin mí. Me alegré mucho, pero no sabías quién eras, quién era yo. Me permití un tiempo. Me equivoqué. Ahora te veo ahí, inmóvil, y no me lo perdono.

No me había fijado en que tenías una pequeña cicatriz en la ceja izquierda. O quizás se me había olvidado. La miro tras el cristal. No hay rastro de aquel *piercing* de la última foto. Tuve mucho tiempo para mirarte. En la locura de esas horas, pensé que ibas a abrirlos. Esperé toda la noche. Tenía todo el tiempo del mundo. Si no es a ti, no tengo ya donde volver.

Elegí estas palabras para la corona de flores: «Siempre estaremos juntos». La colocaron muy cerca de ti, casi podías tocarlas. Si no te hubiesen tapado las manos. Me pasé de tamaño, las más grandes del catálogo. Siempre fuimos exagerados, hiperbólicos, dramáticos. Nos reíamos de eso también. Y las elegí todas blancas, pensé que te gustaría: claveles, margaritas, rosas, camelias, lirios (como yo). Dijo tu hermana que las pondrían en el horno de cremación junto a las de tu madre.

En pocos minutos te convertirás en ceniza. Y yo no voy a aceptarlo nunca.

Hace un rato dijo Lola, en la puerta de tu sala, la 2, que el sufrimiento de aquellos meses en Múnich, tras el accidente, era insuperable, que no se podía sentir tanto dolor de nuevo. Desconozco también los grados de tristeza que soportamos los humanos. Los grados del amor. No sé si consumí mis reservas junto a tu camilla o en aquellas escaleras enfermas de verme pasar, libreta en mano, esperando la hora de la visita, durante el coma. Pero sospecho que este silencio nuevo es más sofisticado. Menos abrupto. Más sostenido. Estas páginas no son nada. No puedo enviártelas. Pedazos de silencio, evidencia de nuestra mente compartida, que ya no está. Desaparezco en cada segundo que se empeña en llegar. Miro esta página repleta de palabras que tú ya no podrás leer. Las encuentro vulgares, vacías, sin sentido. ¿Para qué son? ¿Para quién?

Éramos tan iguales. Hablábamos tan parecido. Esa parte de mí también se ha muerto contigo.

Siempre me llamabas «amor». Para ti, ese era mi nombre. Y lo decías siempre que me veías, emocionado, alargando muchísimo la «o» y sonriendo desde antes de la «a». Recuerdo cuando una amiga te recriminó un día, entre risas, saliendo de la Facultad, que las querías mucho a todas, por supuesto, pero que solo a mí me llamabas así. Ni siquiera le dimos importancia. Algunas cosas solo pueden ser de una forma. Y en este caso, para bien o para mal, y aunque no se volverá a repetir, amor **era** yo.

Uno de los cientos de *mails* de Julio a Lidia.

Amor,

Estos días saben muy raro. Alemania es otra desde que estuviste. Canto a Mecano «aunque fui yo quien decidió que ya no más / y no me cansé de jurarte / que no habrá segunda parte...». Ya sabes cómo sigue.

Este mes de ir recogiendo y empaquetando. He empezado por los sentimientos. Desde que llegué al aeropuerto del p múnich (con k o con ch al final, que te hacía gracia), cuando conocí a Alois (aloe vera, decías siempre), cuando volvía a Madrid a verte a ti (lo(s) demás era(n) una excusa), y te pedía siempre que vinieras. Cuando te fuiste a Boston y me mandaste ese sms desde el aeropuerto de*
Atlanta, mientras te fumabas el último cigarrillo y te despedías en silencio, con tu 609 siempre al lado, de ese mundo, ese digo, que has vuelto a encontrar estos días. Tras nuestra pausa de ópera y alcohol, selig y suelo. Qué dura tu ida, imaginarte allí, en ese ambiente agresivo, y que no vuelves.
En unos días, de nuevo a Boston. Y yo regreso a Madrid. Ya se ha acabado: desde el parque de la Complu («me han ofrecido irme...») hasta el billete solo de

ida que tengo que empezar pronto a buscar. El ciclo se cierra, o mejor aún, se para. Echaré mucho de menos múnich. Lo noto en que ya he empezado a idealizarlo. Quizás porque tú has estado en él, y, por fin, ya no es tan malo ni tan de cartón piedra. No sé, veo luciérnagas a veces.

Madrid es mi ciudad, y a ella vuelvo. Los donuts y los chinos por la noche. Y, ya sabes, por el barrio, salir de nuevo a comprar el periódico… en fin, solo será un tiempo. Ordenaré mi vida y mis estudios y esperaré tu regreso. Pero si no aguanto, me voy a verte.

Ah,

delicioso despertarse con tu risa involuntaria en el contestador, grabada, lo que son las cosas, a las 0:00. Hasta he olvidado lo que llueve ahí fuera…

besos,

J.

Este libro se terminó de editar en Granada
en agosto de 2025 por

Aliarediciones

www.aliarediciones.es
info@aliarediciones.es